KB016183

하루의 바깥

나는 날마나 익숙한 듯 낯선 관통을 느꼈다.

그리하여 드러난 속살의 온기를 믿기로 했다.

작가의 말

나는 늘 바깥에 갇혀 있었다.
한 곳에 있지 못했고 함께 있지 못했다.
갈 길 모르고 자주 흐르기만 하였다.

내게 바깥은 일종의 '공포'였다.
나 스스로가 만들어내는 공포.
한없는 내부에 틀어박혀 있는 공포.
피할 수 없고 벗어날 수 없는 공포.
가끔씩, 공멸.

부끄럽지 않게 존재하려는 소망.

그것이 내 모든 방랑과 충돌의 발원이다.

어떠한 속박도 없는데 자주 숨이 차올랐다.

나는 간간이 그런 나를 그냥 도망치게 두었다.

그것까지도 삶이라면.

차라리 실컷 쏘다니다 돌아오라고.

이토록 의문 가득한 삶을 껴안는 날이

기어이 오리라 믿고.

해방을 고대하며 조금씩 썼다.

무거운 것들은 모조리 벗어버리자고

끝자락에서 고요히 읊조리기도 했다.

목차

순간의 피사체들

고통의 정면으로

잃어버린 빛깔

첫 글

'내 것'이라고 굳게 믿었던 무엇도 어설프게 지니고 있으면
가볍게 흐트러지는 듯했다.

하늘이 종일 잿빛이었다. 달은 없다. 잘된 일이다. 어두운
하늘에 빚은 불청객일 뿐이다. 사는 건 조용하다. 조용함
사이로는 온갖 것들이 방문한다. 감정이다. 감정은 멀리
떨어져서 말없이 얼어붙곤 했다.

마음을 다잡으려고 며칠 자란 수염을 밀었다. 급하게 미는
바람에 상처가 났다. 가끔은 모든 행복이 내게서 달아나는
것 같다. 그것들은 맨발로 속력을 낸다. 무엇인가 비어있
는 기분은 명확하다. 아릿함이다. 아릿함의 근원은 모호
하다. 나는 나사가 지저분하게 풀린 기계처럼 땅을 쳐다본
다. 침묵한 입은 길었고 귓속은 어수선하다. 복잡한 마음
은 본래 단순한 것으로 죽이면 그만이다. 밖으로 나간다.

진눈깨비가 여럿 휘날리고 있었다. 팔뚝에 떨어지더니 이
내 투명하게 얼어붙었다. 온 바닥에 블랙아이스가 깔려 있
었다. 길이 검은 광채에 에워싸였다. 얼음 알갱이들이 유

러하게 반짝거렸다. 나는 길을 의심하며 걷는다. 반짝이는 것들은 늘 그렇듯 내내 베일에 가려져서 방심을 유도하다가 갑자기 돌변해 무참한 폭력을 선사하기 마련이다. 살금살금 걷는데 횡단보도 한복판에서 넘어질 뻔했다. 나를 본 차들은 괜스레 소심한 기색이다. 중심은 한순간에 기울어버리고, 나는 자주 유연하지 못했다.

어깨에 걸친 가방이 이상스레 무거웠다. 자꾸만 흘러내렸다. '내 것'이라고 굳게 믿었던 무엇도 어설프게 지니고 있으면 가볍게 흐트러지는 듯했다. 행복을 느끼고 싶다는 마음은 강박이 되어 나를 좀먹었고, 나는 지극히 진부한 방법으로 불행해지고 있었다. 설익은 어리석음은 숙명처럼 질척거렸다.

불가피하게 혼자일 때 나는 언제나 혼자 살아왔다는 시간의 자존을 사랑했다.

( )

순간의 피사체들

순간의 피사체들

가난하지 않은 다정을 생각했다. 나는 우리가 살았으면 좋겠다.

어떤 실체와 직면하는 순간은 계속되었다. 모든 순간은 무수한 떨림을 지니고 있었다. 나는 그곳에서 무력한 슬픔의 존재를 알아차렸다. 슬픔 앞에서 당장의 언어는 아무런 힘도 없었다. 인생에 대한 성찰이나 경구도 없었다. 문장은 뒤늦게 쓰였다.

갑자기 만물이 슬프게 보인다. 내 마음은 자주 미물이나 무덤덤한 것들을 보고 펑 젖었다. 마음이 젖는다는 것은 무얼까. 의문을 가진 채 살았다. 그리고는 한없는 무력감이 찾아왔다. 나의 슬픔, 너의 슬픔, 세상의 슬픔 앞에서 나는 작고 부질없었다. 슬픔이 무력해 보인 까닭은 내가 슬픔 앞에서 법석을 떨었기 때문이다. 그것은 어떤 범속한 우월감에 취한 상태, 혹은 언젠가 겪었을 내 작은 심정이 반응과 진동을 일으킨 것이다. 슬픔은 나를 비웃었다. 무엇이 더 나은 게 없었다. 나는 그저 내 일부를 보았던 것이다.

나는 매일 기쁘고 매일 슬프다. 그것이 이상하지 않다.

슬픔이 짙어서서 행복은 허망했다. 어쩌면 행복이 스스로 가난하고 인색해진 걸까. 수많은 행복이 나를 스치고 지나갔지만 정작 행복에 대한 추억은 별것 없다. 다만 그마저도 무사하기를 비는 수밖에 없다. 언제나 행복은 가뭇없이 빠져나가겠지만. 여백이 있음으로써 새로운 안녕을 맞을 수 있음을, 완전히 사그라지지 않은 미량의 온기가 저장되어 내내 뭉근하기를 기원하는 수밖에 없다. 서로의 슬픔이 만나 우리는 지탱되고 강해질 것이다. 그것을 한편으로는 '다행'이라고 말하는 편이 맞을 것이다. 차라리 행복과 작별하고 다행이라는 손을 잡는 편이 괜찮겠다. 행복할 일은 적지만 다행스러운 일은 아주 많다.

다행스러운 일들을 생각하면 지나온 시간들이 스르륵 풀려버린다. 툭, 하고 풀려버리는 나사의 귀퉁이에서 누군가의 슬픔으로 아무리 걸어도 건너갈 수 없는 날에는 다행스러운 일을 다시 짚었다. 가난하지 않은 다정을 생각했다. 나는 우리가 살았으면 좋겠다.

　우리가 서로를 안으로부터 유람하고, 차마 떠나지 못하고, 마침내 사랑하는 날이 머지않기를. 나는 다시 이렇게 바라고 있다. 슬픔은 고요하고 차가운 마음의 날갯짓이다. 마음은 멈추지 않을 것이다.

불행해져서는 안 된다

아직 아무도 눈을 치우지 않는 시간에 깨어난 것은 어쩌면 행운이었다.

불행해져서는 안 된다. 아주 많이 해보았다. 이제는 더 그래야 할 것이다. 어쩐지 따뜻해야 할 거라고, 두툼한 옷이 아니라 그 속에 무엇에서, 부디 권태롭지 말아야 한다고 생각했다. 권태는 그 단어보다 훨씬 무서운 동사다.

세밑에 밤은 슬픈 고백 소리가 아우성쳤다. 연말에 당도한 기억은 아련하다. 죽었으면, 하고 바란 기억이 문득 스쳐 지났다. 모든 기억은 추억으로 죽임을 당하면 그제야 화려해지고, 결국 모든 날은 괜찮지 않았던 것이다. 똑같이 괴로웠고 공연히 권태로웠고 어쩌다 평온했다. 사람들은 있다가도 없었다. 동네는 좁은 듯 광막했다.

갑작스레 몰려온 졸음에 방 불도 끄지 못했다. 불편하게 뒤엉킨 이불을 대충 몸에 올려두고 선잠을 잤다. 본격적으로 잠이 드는가 싶었는데 눈이 떠졌다. 4시간 정도 누워 있었다. 어둠 속에서 함께 어둡지 못하고, 잔인하게 하얀 불빛에 밤새 시달린 눈두덩이가 시큰거렸다. 몸이 부쩍 지쳤는데 정신은 철저히 잠에서 멀어지고 있었다. 별수 없이 일어났다. 고양이 세수를 하고 담배를 피웠다. 복잡한 마음은 애초에 자리를 옮길 생각이 없었다.

새벽이 몰래 지나 있었다. 밖이 하얗다. 밤사이 눈이 내리고 쌓인 모양이었다. 아직 아무도 눈을 치우지 않는 시간에 깨어난 것은 어쩌면 행운이었다. 세상 모든 바닥이 하얗고 하늘은 엷은 파랑이었다. 두 빛은 오묘하게 진동하면서 공존했는데, 불현듯 이대로 세상이 멈춰버렸으면 하고 바랐다.

갑자기 눈앞에 있어도 없는 것처럼 바깥은 적막하기 그지없다. 푸르스름한 하늘은 그 성격이 서늘하고 우유부단해서 땅에 내려앉지 못하고 허공을 서성이는데, 그때 하늘은 알 수 없는 그리움으로 가득 차 있다. 첫 동이 틀 무렵인데 해는 모습을 감추었다. 그 하늘은 한동안 이어졌고, 그 하늘 아래로 사람들이 삽을 들고 나타났다.

눈은 굵직하고 드셌다. 맨눈으로도 커다란 결정이 보이는 듯했다. 군청색 점퍼를 입은 아저씨가 눈을 치웠다. 상아색 양털 재킷을 입은 학생들이 놀이터에 눈사람을 만들었다. 그들 가운데로 아침 출근하는 사람들이 지나갔고, 도로 위로 차들이 연기를 뿜으며 기어갔다. 하얀 세상을 물끄러미 바라보고 있으면 해야 할 일을 잠깐 멈추고 조금만 이대로 있어도 괜찮을 것 같았다.

나를 놓고 잠시만 사라지고 싶은 아침이었다. 나는 불행해져서는 안 된다고 작게 뇌어 보았다. 찬 세상은 활동을 멈추지 않아 따뜻하다. 이제는 언어를 버리고 세상을 사랑하는 일만 남았다. 마른 입술에서 새 나오는 훈기를 기억하면서.

어떤 빛

평범한 무엇이 문득 낭만과 닮은 무엇이 되면
나는 그것에 적지 않은 위로를 받는다.

노란 가로등 불빛을 좋아한다. 하얀 가로등 빛은 세련
된 자태를 뽐내기 바쁘다. 그것은 정겹지 않았다. 그 모습
은 퍽 인위적인 느낌마저 들어서 나는 아직 집에 다다르
지 못했고 도시 한복판 어딘가에 있다고, 동네의 공허함
을 배로 증폭시켰다. 하얀빛은 반듯하고 똑똑해 보였다.
눈이 시렸다.

그러나 노란빛을 내뿜는 가로등은 금방이라도 무너질
것 같은 허름함으로, 그리 높지 않은 키를 하고서 어수룩
하게 고개를 내린다. 숙이는 모든 것은 따스하게 너울거
린다. 그 빛은 꼭 노을과 같아 보여 고즈넉하고, 근처에 은
은히 곁들은 주황은 마치 "저녁의 색이 있다면, 따뜻함의

질감이 있다면, 다만 지금을 기억하면 된다고." 내 눈가로 조용히 들어와 다감하게 머물렀다.

집으로 돌아가는 길목에 노란 가로등이 하나 있다. 나는 그 빛 아래 서서 눈이 물컹하게 풀어지는 기분을 만끽하곤 한다. 어쩌면 삶은 온통 노란 것들로 이루어진 게 아닐까. 노란 벼, 노란 고구마나 감자, 노란 돈, 노란 오물, 노란 꽃, 노란 태양과 달, 살색 몇 방울을 섞은 노란 피부들. 그리고 빛.

나는 이따금 그토록 노란 것들에 가만히 경도된다. 주름진 손바닥 위로 묵었던 온 마음을 묻어내듯이. 나는 쓰레기봉투가 질서 없이 주차되어 있는 골목을 노란빛이 덮을 때, "이제 집에 온 거야." 하면서 자꾸만 다리의 힘이 풀려버렸다. 마음이 괜스레 느슨하고 여유롭다. 노란 가로등 불빛은 서민의 빛이다. 빛에서는 저녁 풍경이 흘렀다.

거무죽죽한 하루의 끝자락에서 유독 그 빛깔은 애처롭고 곱다. 별안간 '걸음'의 이유가 소실되어 버릴 때, 작은 염원들이 버거워 올 때, 아직 찾아가야 할 내가 구석구석 기다리고 있을 때. 나는 아무것도 아닌 빛에 이끌려 따뜻하고도 안전히 보금자리로 배웅받았다. 그때 나는 '살만한 삶'의 이유를 하나 더 추가했다. 여전히 세상은 지극히 고통스럽지만 이따금 노랗게 여울진다. 캄캄한 골목에 비추는 빛, 그곳에서 나는 고독을 보았고 믿음을 보았다.

　평범한 무엇이 문득 낭만과 닮은 무엇이 되면 나는 그것에 적지 않은 위로를 받는다. 그때 우리는 조금 쉬어야 할지도 모르겠다. 나 아닌 무엇으로부터. 내 것 아닌 욕망으로부터. 우리 안에 죽어 있는 나로부터.

오월

사람은 한껏 사랑하려 할 때 가장 향기롭다.
그 대상이 꼭 사람이 아닐지라도.

오월이었다. 연초록 잎이 하늘을 덮었다. 돌보는 사람
도 없이 맘껏 올라있었다.

나는 계절 가운데 봄을 싫어하는 편이다. 정확히는 '경
계한다'라는 감정에 더 가깝다. 봄에는 색색의 꽃들이 고
개를 들고 나무가 하늘로 기지개를 뻗는다. 그것들은 처
참히 무너질 궁리도 세우지 않고 마냥 철없이 솟아서, 더
욱이 어여쁜 싱그러움과 동시에 사뭇 서운한 부스럼을 남
겨준다. 하필이면 꽃은 다채롭고 아름답다. 이제껏 단 한
번도 아닌 적이 없었다. 벚꽃이 흩날리는 봄의 오후는 작
별의 절정이다.
나는 '저 꽃이 죽을 각오를 안 했다면, 어떻게 저리 숱
하게 만개할 수 있었을까.' 생각하곤 했다. 그러니 우리

가 꽃처럼 산다는 건, 얼마나 치열하게 살아야 한다는 것이며, 또 웬만한 각오가 아니면 불가능한 거라고. 꽃을 능가할 수 없을 것이다. 나는 저렇게 찬란한 각오를 다질 수 없다. 다만 저 애끓는 의지와 담담한 용기를 기억하노라면 적어도 과거의 나에게 부끄럽지 않은 무언가가 될 수는 있으리라.

길가에 핀 꽃들은 그저 바람에 살랑거릴 뿐이었다. 나는 차마 꽃의 시듦을 오래 바라볼 수 없어서 곧잘 돌아선다. 예쁜 것은 추했고, 추한 것은 예뻤다. 들뜨고 무질서한 그 봄이, 자꾸만 나를 매혹시키는 것 같았다. 때문에 나는 봄으로 풍덩 뛰어들지 않는다. 여름의 문을 슬며시 열어놓으면 나의 봄은 무책임하게 사라진다.

봄에는 사람들의 표정이 한결 온화하고 걸음걸이가 사뿐하다. 다들 어디로 가는 건지, 누구를 만났던 건지, 금방 만나려는 사람에게 자신이 지을 수 있는 가장 아름다운 얼굴을 보이려는 건지. 대가 없이 무언가를 사랑하려는 얼굴들을 나는 봄의 길가에서 만난다. 사랑이라는 게 이 세상 어딘가에 존재해서 보란 듯이 가시화된다면, 마치 봄의 길가를 거니는 사람들의 얼굴이 아닐까. 사람은 한껏 사랑하려 할 때 가장 향기롭다. 그 대상이 꼭 사람이 아닐지라도.

봄은 인연이라는 자연에서 버려진 고아가 새삼 많이 출몰하는 계절이기도 하다. 고아가 제 이름인지도 모르고 돌아다니는 늦은 오후의 봄은 쓸쓸하다. 사람들이 제각기 깍짓손을 잡거나 팔짱을 끼고 다닌다. 어느 누구도 미소를 띠지 않는 사람이 없다. 그렇지 못한 사람의 손과 팔은 지나온 겨울보다 봄의 밑에서 조금 더 가난하고 시리다.

어디에도 쓸쓸한 것들은 존재한다. 쓸쓸한 것은 간신히 날려 보내지 못하고, 고작 마음 어딘가에 묻어 두는 것으로 끝이 날 것이다. 그 묻어둠의 힘은 봄볕에 있지 않고, 지나온 겨울의 추위를 버텨낸 언 심장에 있다. 그것이 녹아 봄을 맞을 때, 봄이 남긴 잔향으로 우리는 남은 계절을 어떻게든 사랑해 버리는지도 모르겠다.

마침내 봄이 우리에게 사랑일 수 있을까. 각각의 마음들에 파묻혀서 "잘 지내."라고. 맘껏 웃다가 손을 흔들 수 있을까. 봄이 우리에게 얼마나 봄일 수 있을까. 우리는 봄 밑에서 얼마나 봄을 닮을 수 있을까. 나는 우리의 쓰라린 위장과 얼어붙은 버팀, 어색한 외로움과 가냘픈 수줍음, 맘껏 사랑하려는 무모함이 한데 농익어 봄의 상징인 벚꽃을 만드는 거라고 생각하곤 한다. 아마 지나가는 모든 계절이 그러할 것이다.

행복

저마다의 생에는

고유한 자태를 지닌

격이 있다

그것은 시선의 방식에 따라

나타났다 사라졌다 한다

행복 2

느닷없이 주변 사람에게 뜻밖의 안부를 묻는 것.

지금 가진 것에 감사할 것

익숙함이란 곧 비극의 시작임을 알 것

안일함에 현혹되지 않을 것

느닷없이 주변 사람에게 뜻밖의 안부를 묻는 것

평소에 가장 하고 싶었던 말을 그냥 꺼내 보는 것

어수룩한 진심을 소리 내어 보는 것

말에 무게를 한없이 덜어내는 것

인연의 귀함을 다시금 되새김하는 것

이름을 부르는 것

만물과 교감을 시도해 보는 것

하늘과 땅을 감상하는 것

사물의 다채로움을 담아보는 것

식물의 내음을 맡아보는 것

몇 번 더 깊은숨을 쉬어 보는 것

종종 커피 대신 차를 마시는 것

깨끗한 식사를 하는 것

목적 없이 산책을 나서는 것

본래 감수성과 상반되는 음악을 재생해 보는 것

화장실에 책 한 권을 놓아두는 것

쓸데없는 물건으로 공간을 채우지 않는 것

천천히 주위를 살펴보는 것

기어이 조금씩 걷어내고 버리는 것

이성적으로 나를 보되 감성적으로 세상을 느끼는 것

한 번쯤은 나의 최후를 생각해 두는 것

그 무엇도 무한하지 않음을 자각하는 것

완벽하게 살아가려는 허영을 버리는 것

오늘 돌아갈 곳이 있다는 것

온전히 자신을 살 기회가 남았다는 것

만들어갈 하루가 아직 많다는 것

사소한 것에 기뻐하는 것

내 행복을 내가 궁리하는 것

순간에 몰입하는 것

자유를 책임지는 것

새로운 내가 쌓이는 것

한없이 가뿐한 영혼인 것

옛 사진

그리운 것들을 떠올리는 밤에는
나에게 조금 더 다정한 사람이 될 수 있었다.

잠깐 이야기하려고 했는데 몇 시간이 훌쩍 가버리는 경험을 종종 한다. 어느 주제로 시작해서 전혀 동떨어진 과거로 아슴아슴 가 있기까지. 말이 자꾸만 용솟음치다가 문득 흘러버린 시간을 뒤늦게 자각하는 순간이 있다. 하염없는 그 시간은 삶을 통틀어 귀중하다. 그때마다 내 앞에 있는 사람은 새롭게 아름다웠다.

어쩌다 옛 사진을 보았다. 안방구석 어딘가에 사진첩이 있었는데 줄곧 잊어버리고 살았다. 나는 사진들을 찬찬히 훑어보자마자 알 수 있었다. 내 마음에 파고든 정념은 한 점 낭만이나 아련함이 아니라, 이루 말할 수 없는 억눌림

과 고통, 담을 수 없는 생의 우수가 몰려왔다는 것을. 그것
들은 아프고 아름다웠다.

　대충 다섯 정도의 내가 동생과 함께 서 있고, 그 뒤로 엄
마가 배경이 되어있는 사진이었다. 엄마의 뒤쪽으로 크지
도 작지도 않은 비행기가 하나 서 있었다. 날씨는 따뜻해
보였다. "엄마 이날 언젠지 알아?" 엄마는 미간을 모아 사
진을 자세히 들여다봤다. "글쎄? 저 코트가 너 세 살 때 산
건데, 다섯 살 때까지 입었거든. 아마도 이천사, 오 년 정
도?" 더 묻지 않았는데 엄마가 말을 이었다. "이때는 정말
아무것도 없을 때네…." 엄마는 말끝을 떨어트렸다.

　엄마의 '이때'나 '아무것도'에는 젊은 날의 무질서와 피
로가 쌓여 있었고, 그 시절을 어떻게든 살아온 자신에 대
한 아련한 다독임이 담겨 있었다. 그것은 추억이라기보다
는 좀처럼 떠올리고 싶지 않은 기억에 가까울 것이었는데,
엄마는 눈빛을 올올이 풀어 한참 사진을 바라보다가 이윽
고 알지 못할 미소를 지었다. 생의 전반부를 지난 사람의
얼굴은 마침내 미소였다.

　나는 문득 엄마가 추워 보였다. 엄마의 미소는 얼음에
그어지는 실금 같았다. 금방이라도 허공에 눈처럼, 투명한

보석처럼 흩어질 것 같았다. 대한민국 중년의 피부는 너무 얇다. "괜찮아 잘 살아왔어. 살아냈어. 엄마." 엄마는 조용히 울었던 것 같다.

　이따금 아늑한 세계에서 치유를 받는다. 조금 전 꾼 꿈처럼 조금 있다가 멀어지는 것을 본다. 분명 삶은 가난했고 지독했고 처량했고 힘겨웠지만, 그날들이 있기에 다만 오늘이 아름답다는 것을 안다. 그리운 것들을 떠올리는 밤에는 나에게 조금 더 다정한 사람이 될 수 있었다. 다정을 건네야겠다.

살아온 기억이 살아낼 기적으로

나는 우리가 살았으면 좋겠다고, 오늘도 중얼거렸다.

　무량한 물음표와 느낌표와 쉼표, 색채가 없는 괄호 속을 쏘다니는 우리는 엉거주춤 피는 꽃, 또는 나무. 개념과 관념, 행동과 실존, 말과 감정의 경계를 지도 없이 내디디는 여로. 어쩌면 그것이 삶인지도 모르겠다. 삶은 덧없으면서도 때로는 놀라운 섬광이고, 놀라움은 익숙함으로 바래져 황망히 종결되지만, 다시금 낯선 기쁨을, 깨끗한 살결이 비추는 해가 뜬다. 무릇 익숙함은 욕심에서 피어오른 셈인데, 욕심은 중생들의 순리인지라 말하기 어렵다. 다만 어떤 끝맺음의 실감을 믿을 뿐이다. 삶은 다면적이면서 보편적이고, 보편적이면서도 개별적이다. 그것은 반복과 회귀를 껴안고 있다. 이 지옥과 같은 반복의 연쇄 고리에서 우리가 벌어야 할 유일한 투쟁은 '무의미'라는 권태일 것. 욕망을 실현시키거나 다스리는 것이 전부다. 찰나의 감동은 소멸하지만 그런대로의 난기를 남기고. 시간은 지평선 너머로 너무 많은 것을 가져가지만, 지는 무렵 노을이라는 빛에 눈망울이 젖기도 한다. 삶은 아직 끝나지 않았으므로. 불행도 행복도 망각도 후회도 늘 그렇게 있겠지만. 나는 우리가 살았으면 좋겠다고, 오늘도 중얼거렸다. 빛을 생각하면 거기 빛이 있었다.

그때 그 집

기억이 아플수록 정지되는 시간은 길다.

    환기가 간절해서 동네를 걸어 다녔다. 어느덧 이 동네에 정착한 지 거의 20년이 되어간다. 그동안 이 작디작은 동네 구석구석을 참 많이도 옮겨 다녔다. 어릴 적, 몇 년에 한 번꼴로 바뀌는 집의 평수에 따라 나는 부모님의 주머니 사정을 짐작하곤 했었다. 엄마는 내가 눈치 없는 '애들'이기를 바랐겠지만 나는 쓸데없이 눈치가 좋았다. 그때 나는 여덟 해 정도를 살았다. 나는 조금 빨리 늙어버린 셈이다.

    전전한 집 평수는 대개 들쭉날쭉했다. 가장 좁고 열악했던 공간의 기억은 아홉쯤이었다. 엘리베이터 없는 3층 주택이었다. 그 집으로 가기 위해 올라야만 했던 계단들이 참으로 미웠다. 다리 근육이 수축할 때마다 숨이 헐떡거렸다. 방 한쪽 구석에는 곰팡이가 거뭇거뭇 피어있었다. 벽지를 갈아도 곰팡이가 올라왔다. 곰팡이는 가난의 인장 같은 것이다. 나는 자주 벽지를 뜯었다.

그 집에 살기 전에 나는 6층 아파트에 살았다. 아파트에 살았던 기억은 희미하다. 어느 날, 기술을 배우느라 석달에 한 번 집에 왔던 아버지가 독립해 장사를 시작했다. 엄마는 서빙을 했다. 3층 주택은 장사를 시작한 뒤로 옮겨간 집이었다.

마감 시간은 새벽 1시를 가볍게 넘겼다. 나는 학생의 의무를 성실히 수행했고, 부모님은 갑자기 생계를 위해 치열해졌다. 나는 저녁나절에 종종 가게 근처를 기웃거렸다. 왁자한 소리가 걷잡을 수 없이 들렸다. 지금까지 알 수 없었던 삶의 현장을 생생히 마주하는 순간이었다.

산다는 것의 무게는 한없이 옴폭 파여 있다. 나는 내가 할 수 있는 것들을 생각했다. 그러나 내가 할 수 있는 일은 마땅치 않았다. 겨우 아침에 홀로 일어나 학교에 지각하지 않는 정도, 가파른 계단 앞에서 투정을 부리지 않는 것이었다.

예상컨대 주택으로 가게 된 까닭은 가게를 오픈하기 위해 투자했던 비용 때문이었을 거다. 나는 그것을 얼추 알았다. 함께 저녁을 차려 먹었던 엄마는 별안간 하루하루에 매달려 있었다. 엄마는 이를 아득바득 갈며 그 계단을 오르곤 했을 것이다. 한 계단 한 계단 오를 때마다, 어서 빨리 이 집에서 탈출해야겠다고 굳게 마음을 먹었을 것이다. 그러다가도 통장 속 짧은 숫자를 보며 가쁜 숨을 삼켰을 것이고, 천진한 우리를 보며 다시 마음을 먹었을 터이다. 연신 욱신거리기만 하다가 어느 날 근육으로 단련된 못생긴 다리를 보며 엄마는 그제야 다리가 아프지 않아 차라리 다행이라고 생각했을 것이다. 반면에 속은 까맣게 타들어 갔을 거다. 그 속을 어찌 삭였을까. 나는 아직도 모르겠다.

아버지에게 계단은 치욕이었을 것이다. 아버지는 무엇보다 체면을 중시하는 사람이다. 호기롭게 가게를 오픈한 아버지는 다른 가게 사장님들과 교묘한 신경전을 벌이곤 했다. 후락한 동네일수록 텃세가 강한 법이다. 누군가에게 고개를 숙이는 일은 천성에 맞지 않았다. 동네 사람들의 수준은 천박하기 일쑤였다.

아버지는 종종 새벽에 들어와 수염을 비비적거렸다. 숨마다 술 냄새가 났다. 술 냄새는 지독했는데, 이상하게도 빠르게 적응됐다. 악취보다는 체취에 가까웠던 그 냄새는 징그럽고 정거웠다. 소주를 마신 밤, 그 계단은 가파르고 험난했을 것이다. 그런 날에 엄마는 아버지를 부축하러 몸소 계단을 내려가곤 했다. 길고 두툼한 팔을 자기 어깨에 짊어진 채 엄마는 어떤 생각을 했을까. 상상하면 끔찍하다. 그래도 아버지는 성실했다. 가장이라는 책임을 파괴할 수 없어 치열했다. 튀어 오르는 물고기의 피를 물에 씻어 보내고, 역겨운 내장을 손질하면서 아무 생각 없이 잠들기 위해 최대한 녹초가 되곤 했다.

그 주택에서 우리 가족은 꼬박 3년을 보냈다. 길다면 길고 짧다면 짧았던 시간이었다. 그땐 몰랐지만 우리가 그토록 오른 계단은, 절망의 정면으로 돌진해 이를 물고 살아야만 한다는 한 시절의 처절한 디딤이었을 것이다. 희망이 없어도 살아야 하는 게 삶이라는 것을 나는 그때 알았다. 그리고 희망은 어디에나 있다는 것도.

기억이 아플수록 정지되는 시간은 길다. 산책을 하다가 마주한 주택은 아직 그 자리에 있었다. 지금 저곳엔 누가 살고 있을까. 몇 살쯤 되었을까. 그 창에도 새벽이 올까. 아침엔 볕도 들까. 여전히 희망이란 게 있을까. 한참을 멍하니 바라보다가 나는 그만 돌아섰다.

언젠가 이 동네를 벗어나 더 넓은 세상으로 나갔을 때,

나는 문득 그 집과 닮은 모습을 하고 있을 거라고 생각했다. 그 시절 3층 집 안에 옹기종기 부대껴있는 내 부모의 고통을 상상하면서, 아득하고 검은 천장에 아버지의 다홍빛 얼굴을, 엄마의 굵은 종아리를 그려 넣을 것이다. 그러한 기억이 있기에 나는 살아질 것이다. 어떤 공간의 기억은 나를 불안하게 하다가도 한없이 감사하게 한다. 불안과 희망은 다르지 않았다.

밥

부모님에게 밥은 책임감이고, 사랑의 다른 이름이고, 때론 이별이고,
끝내 삶의 지속력이었다.

음식에 딱히 감흥이 없는 편이다. 밥이야 그냥 대충 아
무거나 먹으면 그만이다. 그래도 이왕이면 국물을 선호한
다. 나는 첫 끼로는 뭐가 됐든 국물을 먹어야 한다. 따뜻한
물을 먹어서 속을 데워야 한다. 선천적으로 소화 활동이
원활하지 않기 때문이다. 여의찮으면 커피를 마신다. 그
래야 정상적으로 하루를 시작할 수 있다. '정상적'이란 은
근한 더부룩함이 없다는 말이다.

나는 늘 속이 불편하다. 전날 밤에 뭘 먹든 그렇다. 가
족들 모두가 그렇다. 아무래도 집안 내력이다. 다들 소
화효소가 부족한 게 확실하다. 우리 가족은 모두 소화제

를 달고 산다(양배추 알약은 혁명이다). 너무 간단히 먹으면 속이 텅 비어 까슬거리고, 기름진 음식을 먹으면 얼마 후에 매스껍다. 그런데 입맛이 채식하고는 거리가 멀어 낭패다.

부모님은 '밥'을 세상 어느 가치보다 중요하게 여긴다. 아주 어려서부터 그랬다. 밥은 인사나 감정 표현이며 노동이다. 어릴 적, 밥을 먹으러 간다고 하는 날이면 나는 긴장했다. 거실에 공습경보가 울린다. 이른바 '식당 습격 작전'이다. 아버지는 추상같은 얼굴로 운전석에 앉아 있다. 어머니는 갑자기 산만하고 분주하다. 그 작전에 실패하거나 뒤처지면 안 된다. 낙제다. 밥을 먹는 건지 해치우러 가는 건지 모를 일이었고, 나는 자주 체했다. 그래서 밥을 먹는 둥 마는 둥 하면서 둘을 관찰하곤 했었다. 그때의 장면들은 심부에 기둥처럼 박혔다.

아버지는 고작 속을 데우고 몸을 움직이기 위한 수단으로 밥을 먹는다. 코인지 입인지 모를 입구로 밥을 욱여넣는다. 거의 밥을 마신다. 그것은 움직이고 버티기 위해 먹는 밥이다. 그 밥에는 맛이 없다. 영양만 있다. 아니 어쩌면 영양도 희박할 터이고, 뱃속을 쓸어가는 열기만 있을 것이다. 그 열기는 고작 몇 시간 몸을 움직이고 나면 차게

식을 것이다. 그러면 뱃속에서 또다시 신호를 보내고 이내 경보를 울린다. 급하게 밥을 먹는 만큼 아버지는 더 빨리 배고파했다. 아버지는 지금도 밥과 함께 급하다.

엄마는 밥 앞에서 눈치를 본다. 한두 숟갈을 깨작거리다가, 메인 음식이 반 정도 비워질 때가 돼서야 본격적으로 밥을 먹는다. 엄마는 아주 어려서부터 밥을 굶어봤다고 했다. 초등학교 5학년쯤의 일이랬다. 엄마에게 밥은 삶의 역할을 완수하고 받는 보상이다. 엄마에게 밥은 노동의 산물이다. 그런 엄마는 밥을 만끽하고 누리지 못한다. 엄마는 밥을 저금한다. 엄마는 이상하게 허기져 하지 않았다.

어린 날에 내가 본 부모님에게 밥은 책임감이고, 사랑의 다른 이름이고, 때론 이별이고, 끝내 삶의 지속력이었다. 그 시절 사람들은 다들 가난했고 굶어본 경험이 적지 않았다. 나는 서글퍼했다. 그 시절 사람들은 밥을 벌기 위해 밥을 먹는다. 밥을 벌어서 또다시 밥에 집착한다. 언젠가 어린 날에 굶어본 경험이 시대의 결핍으로 남아, 그들은 음식의 '맛'을 상실해 버렸다. 정녕 맛있는 음식을 먹어도 그들의 혀는 맛을 음미하지 못했다. 그들에게 '맛'은 사치스럽고 부잡스러운 낭만이다. 나는 요즘 그 시절과 같은 질감을 곳곳에서 본다.

이것은 명백한 비극이라고 생각했다. 그들이 거쳐온 '살아남음'이란 임무가 얼마나 고되고 외롭고 치열한 것인지, 나는 감히 알지 못한다. 그래서 쉽게 말할 수 없다. 그냥 맛있게 밥을 먹었으면 좋겠다고. 나는 무책임하게 말하지 못하겠다.

다만 내가 할 수 있는 일은 이들에게 끝없이 맛있는 음식을 찾아 먹이는 일이다. 세상에 이렇게 맛있는 음식이 많다고. 나이가 들어서도 춤추는 소녀처럼 미각의 즐거움을 느낄 수 있다고. 그동안 살아내느라 애썼으니 이제는 살기 위해 먹지 않아도 된다고. 겨우 십여 분 동안만이라도 식탁을 향유했으면 한다고. 나는 이제 다 컸으니까, 그만 그 짐을 내려놓으라고. 눈동자를 마주하고, 그래도 괜찮다고 다독이는 것이리라.

우리를 여태껏 살아가게 한 사람들에게. 그들의 밥이 부디 정서를 배불리 하는 밥이기를 나는 간절히 소망한다. 아직 누군가를 기르는 자들에게도. 이제 막 기르려는 자들에게도. 그대들의 정서가 부디 먼저 배불러, 그대들 아래 누군가가 부디 음식을 등지지 않게 하기를, 나는 무력하게 바란다.

매일같이 새롭게 먹고 싶은 것들이 넘쳐나는 사람들을 나는 간간이 부러워했다. 그 발랄한 배고픔을 나는 영원히 이해하지 못한다. 그러나 나는 누구도 원망하지 않는다.

초록 빛깔 사람들

일상에서 다시금 그때의 초록을 만나게 될까.

며칠 전 예비군 훈련을 다녀왔다. 훈련장소는 지하철로 2시간 남짓의 거리였다. 1분이라도 늦으면 못 들어갈 수도 있겠다는 두려움에 예상보다 일찍 출발했다. 아무리 예비군이라 해도 그들에게 융통성을 바라는 것은 무리가 있다. 아침 출근하는 사람들로 지하철 안은 북적였다. 그 사이로 군복을 입은 채 앉았다.

정거장을 지날수록 사람들의 무릎이 빼곡히 찼다. 덜컹거릴 때마다 간간이 무릎이 부딪혔다. 힐끔거리는 사람들의 시선이 느껴졌다. 시선은 내 머리카락을 시작으로 발끝까지 천천히 떨어졌다. 그 눈빛은 '훑는다'에 더 정확했다.

평소 남 신경을 쓰지 않는 편이지만 나는 유독 눈에 띄었다. 눈은 많았다. 출근길 지하철에서 머리 긴 군인은 생소하다. 군복과 긴 머리카락은 괴리감이 깊었다. 고작 옷차림으로 사람의 질감이 변화하고, 잦은 시선을 더 많이 받는다는 것에 나는 서글퍼졌다. 시선이란 참으로 공포스러워지곤 한다는 것도.

나는 불안을 달고 살아서 아주 많이 서두르는 편이다. 어쩌다 보니 입소 시간보다 1시간 먼저 도착했다. '화전역'이었다. 내리자마자 곧장 근처 편의점으로 발을 옮겼다. 오는 내내 머리가 지끈거렸다. 편의점에 들어가자마자 나는 카운터로 직행했다. 또각거리는 군화 소리가 무심하게 울려 퍼졌다.

"타이레놀 있어요?"

목소리가 평소보다 두껍고 크게 나왔다. 군복 부작용이다. 나는 군복만 입으면 내가 가지고 있는 부정적인 남성성이 몇 배로 증가함을 느낀다. 걸음걸이가 상스러워지고 목소리는 걸걸하고 천박하며 미간 사이에는 내 천 자를 새겨 다닌다. 그것이 다소 소름 끼치는 일임을 알면서도 내게는 불가피한 처세다. 군대에서 남성성은 일종의 생존술이었고, 그것 또한 내 본질의 일부인 것을 나는 부정할 수 없었다.

하지만 사회에서 물이 빠질 만큼 빠진 내가, 군복만 입었다는 이유로 반쯤 가스통 같은 사람이 된다는 것은 안될 일이었다. 여러모로 잔뜩 성난 내가 낯설었다. 나는 바싹 마른빨래처럼 빳빳해져 있었다. 곧 찢어질 기세였다. 알바생은 조금 짜증 난 표정이었다.

"네, 아마… 여기쯤 있습니다."

알바생도 '다, 나, 까.'를 썼다. 순간 그의 눈빛에서 여러 문장이 흘러나왔다. 검고 불쾌한 이변이었다.

나는 익숙한 붉은빛의 두통약과 제일 싼 물 한 통을 구매했다. 약과 함께 물 반 통을 단번에 들이부었다. 근처 돌담에 걸터앉아 담배 하나를 태우고, 안내받은 셔틀버스에 줄을 맞춰 섰다. 다들 짐짓 마초이즘적인 기색을 드러내기에 여념이 없었다. 그러면서도 고분고분 버스에 올라탔다. 예상대로 분위기는 암울했다. 버스는 위태롭게 달렸다.

나보다 일찍 온 사람이 대략 30명쯤 되어 보였다. 이 사람들은 대체 뭐 하는 사람들이길래 이토록 일찍 온 것일까. 사람들은 아침부터 축 처져 말이 없었다. 사각사각하는 소리만 들렸다. 검사였다. 나도 간단한 검사와 서명을 했다. 코로나 재앙 발발 이후 처음 해본 자가 진단 키트에서는 음성이 나왔다. 다행히 입소 자격이 되었다. 봉고차를 타고 산 깊은 곳으로 이동했다. 산은 우중충했다. 우거진 수풀은 생기가 없었다.

내리자마자 곳곳에서 '선배님' 소리가 들려왔다. 태어나 처음 본 사람에게 선배님 소리를 들으며 대우받으니 새삼 민망스러웠다. 우리가 무슨 선후배 사이냐, 다 똑같지…. 그지 같지, 참. 속으로 생각했다. 나는 나를 선배라고 부른 사람에게 가벼운 묵례를 했다.

이번 예비군 훈련은 코로나로 인해 8시간만 진행했다. 천운이었다. 그래서였을까, 훈련의 준비는 미약했다. 속으로 쾌재를 불렀지만, 나에겐 또 다른 훈련이 기다리고 있었다. 땡볕에 앉아 있기 훈련이었다. 물론 사격을 하긴 했다. 고작 20분도 안 걸린 사격. 그 외 식사 시간 30분. 우리는 대략 6시간 정도를 앉아 있기만 했다. 그때의 시간은 딱딱하게 굳어 있었다. 중간중간에 이론 설명을 들었지만, 설명하는 이도 듣는 이도, 속으로 웃었을 거다. '이게 대체 뭐 하는 짓이냐, 서커스도 이런 서커스가 없겠다!' 어수선한 곳에서 사람들은 각자 고독했다. 나는 내내 길옆 수풀을 바라보기만 했다.

혼한 것을 자세히 들여다보면 문득 특별한 것을 발견할 때가 있다. 나는 그날 수풀에서 꽃이 아름다운 건, 주위를 에워싼 초록의 쓸쓸함과 그늘이 있기 때문임을 알았다. 내리쬐는 볕에 그것들은 자태를 드러냈다. 확실했다. 드문드문 핀 꽃보다 무성하게 깔린 풀이 더 빛났다. 초록은 찬연했다.

그 같은 초록을 생각하면 어떤 사람이 마냥 떠오른다. 누군가의 주위를 서성이는 사람. 지나치게 배려가 많은 탓에 자신을 포기해버리기도 하는 사람. 때로는 바닥에 깔려 있는 태도로 누가 밟고 지나가도 별 내색 하지 않던 사람. 나보다는 남의 찬란을 위해 사는 사람. 모름지기 세상에는 꽃 같은 사람보다 초록빛 도는 사람이 더 많은 듯했다. 그들이 있었기에 종종 만개한 꽃 같은 사람이 더욱 돋보였을 것이다. 나는 문득 누군가를 위해 기어이 초록 옷을 입은 그들의 빛깔이 그 자체로 온통 아름답기를 소망했다. 어느새 난 봉오리 맺혀 얼굴 내민 꽃보다 허접하고 무성한 초록들을 더 아끼게 되었다. 혼한 것은 그 자체로 귀하다.

너무도 당연한 말이지만, 나는 아무것도 아닌 날의 감사함을 사무치게 느끼며 그곳을 빠져나왔다. 줄줄이 내려가는 사람들 모두 저마다의 자리로 돌아간다. 이듬해 여름이 오면 또다시 이곳에 오겠구나. 그 해 나는 또 어떤 얼굴을 하고 있을까. 말발굽 같은 군화 소리가 무심한 아름다움을 더했다. 돌아가는 지하철 안, 내 마음에 들이친 소란과 고요는 제법 화목했다.

　우리 곁엔 우릴 위해 묵연히 그늘지는, 흔하고 평범한 누군가가 있을지 모른다. 나는 일상에서 다시금 그때의 초록을 만나게 될까. 어느 날 그 빛깔과 닮은 사람의 뒷모습을 보게 될까. 그럼 달려가 꼭 안아줘야지. 그리고 말해줘야지.

　나도 당신의 초록이 되어주겠다고.

　(2022)

약을 넘기며

인간의 생이란 이토록 짧고 예상할 수도 없어서,
더욱 아름답고 더더욱 슬픈 것을.

부쩍 밥 말고도 삼켜야 하는 것들이 늘었다. 굳이 목구
멍으로 밀어 넣을 필요가 없었던 것들이, 이젠 없어선 안
되는 것들이 되어가고 있었다. 외부 껍질과 그 안을 구성
하는 장기들은 제각기 허름했다. 나날은 사포질을 하듯,
살구색 몸과 다홍색 내부를 긁었다. 우리 몸은 명인이 만
든 도자기처럼 귀하며 값비싸고, 연약하고 허망했다. 회
복은 언제나 더디다.

나는 종종 완벽한 회복이란 없다고 느낀다. 어떤 회복
은 탄성을 잃는다. 언젠가 한 번 망가진 몸 한구석은 금이
간 유리를 완벽히 접합할 수 없는 것처럼 미량의 충격에도
이전 그대로 깨졌다. 그래서 약들은 비슷하고 고통은 무뎌
지는 게 아닐까 싶다.

나는 위장약만 몇 년째 달고 산다. 간간이 두통약을 동반한다. 다른 약은 없다. 은연중 다행이다. 서랍 속에 비슷비슷한 약들이 가지런했다. 희고 작은 결정 덩어리를 보니 눈이 어지러웠다. 회의와 혼란이 동시에 솟는다. 웩, 하고 헛구역질이 끼쳐 나왔다.

그러나 삶에 '병'은 필연이라 달리 어쩌지 못한다. 고작 '자연스러움'이란 단어로 단념할 뿐, 그래서 더없이 서럽고 무정한 일이다. 이 시대에서 쇠약한 것은 이제 죄악과 같아져서 함부로 아프지도 못할 지경이다. '자연스러움'은 때때로 야만적이다.

뜻밖의 병으로 한 인간의 생이 얼마나 쉽고 간단하게 무너지는지. 인간의 생이란 이토록 짧고 예상할 수도 없어서, 더욱 아름답고 더더욱 슬픈 것을. 나는 종종 끔찍하게 깨닫는다.

—

약을 넘기며 2

그럼에도 살아야 할 이유를 끈질기게 지키는 수밖에.

병원이 싫다. 나는 병원을 무척이나 꺼린다. 이러다 죽겠다 싶을 지경이 아닌 이상 병원에 가질 않는다. 생활에 지장이 있는 수준의 고통은 그냥 참고 넘긴다. 차라리 침대에서 앓거나 약국 약을 먹는 편이다. 알약이 나의 병원인 셈이다. 짐짓 독종 기질이 있어서 더 그렇다. 생활은 어리광을 받아주지 않는다.

생활이 아예 불가능할 수준으로 며칠이 지속되면 그제야 병원에 간다. 병원에 가지 않아도 살만한 것은 젊어서 누릴 수 있는 특권이다. 나는 이것을 꾸준히 활용한다. 약을 삼켜낸 날이면 늘어난 약의 강도만큼 생활이 가능했다.

엄마는 내 미련스러움이 나중에 큰 병을 불러오지 않을까 이따금 염려한다.

"너는 정밀검사를 받아야 해."
"이렇게 멀쩡한데?"
"겉만 멀쩡하면 뭐 해."
"나 속도 멀쩡해."
"…"

이런 대화는 잊을만하면 메아리친다. 엄마는 나에게 검사를 권유하지만 여전히 병원은 버겁다. 들어서자마자 숨이 반쯤 막혀버리는 기분이다. 병원의 백색 벽은 넋을 골고루 펴 발라 놓은 듯해서 연신 소름이 끼친다. 어쩌다 주삿바늘이라도 몸에 박혀야 하는 날이면 나는 근육을 있는 힘껏 수축해서 바늘을 부러트릴 궁리를 한다. 무엇이든 이거 먹겠다는 마음을 먹으면 한결 수월했다. 간호사는 나에게 힘을 빼라고 말하지만, 바늘 앞에서 힘을 빼는 일이란 도대체 어떻게 하는 건지 도통 모르겠다.

우리 동네 병원은 특유의 퉁명스러움과 무뚝뚝함이 있는데, 간호사들의 태도는 나에겐 외려 기분 나쁘지 않고 조금 서글플 뿐이다. 간호사들은 노동의 피로로 얼굴이 창백하고, 진종일 사람에게 시달려서 풀썩 지쳐있다. 언젠가 간호사들의 근무표를 보고 나는 기겁했다. 한 달에 세 번 쉰다. 저 근무표가 보편적이지 않기를 제발 바랐다. 이래 서야 누가 누구를 진료하겠다는 건지. 참담한 일이다. 병원이 아프다.

　노인들은 다들 하릴없이 앉아 있다. 진료를 기다리는 노인들의 표정은 보는 것만으로도 마음에 한 자국 멍이 들어버린다. 노인들은 하나같이 피골이 앙상하고, 몸은 물음 표처럼 굽어있다. 노인들의 눈은 붉은 실핏줄이 전깃줄처럼 감겨 있거나 안개 낀 밤처럼 희뿌옇다. 나는 그것이 삶을 영위하려는 찬란한 모습으로 보이기보다는 건강을 구걸하는 1호선 지하철 어느 한 사람처럼 느껴졌다. 간호사는 여전히 쌀쌀맞았고 노인들은 느릿느릿 간절했다. 병원은 이상하게 춥다.

　세상에는 그런 곳이 있다. 웃기 위하여 웃을 수 없는, 시간을 돌리고 싶다면 뒤가 아니라 앞으로 감아 놓고 싶은, 더 괜찮아져 있을 거라고 침묵하게 되는 곳이. 노동과 노동의 비극이 되풀이되는 참혹한 현장이. 세상에 이리도 아픈 사람이 많았나, 어쩜 저리 멀쩡해 보이는 사람의 속 어딘가가 검게 썩어 문드러졌다는 걸까, 나는 정말 괜찮은 건가? 자꾸만 멋대로 상상을 하게 되는 곳이.

이제는 각자 건강하지 않으면 세상에 눈살을 맞기 일쑤다. 어쩌면 우리가 서로에게 다정을 상실해 버려서, 무심하고 점잖게 냉정한 우리가 되어버린 게 아니었을까 싶기도 했다. 그런데 우린 다들 언젠가 아프고, 병들고, 죽어서 가루가 될 텐데. 우리는 정녕 서로의 병듦 앞에서 경건할 수가 없나. 이런 생각을 하는 것만으로도 나는 뇌가 녹아서 흘러내리는 것만 같다.

뱃속이 말이 아니었다. 약을 먹으러 짜증 섞인 발을 부엌으로 질질 끌었다. 부엌에는 색색의 약들이 군데군데 배치되어 있다. 가족들 각자의 약과 비상약 등이 작은 상자 안에 질서 없이 널브러져 있다. 약들을 주르륵 늘어트러 놓으니 줄넘기를 해도 될 수준이었다. 넘기는 게 더 아플 만큼 많고도 많은 약 앞에서 나는 잠시 무너져 내렸다. 아아, 우리는 얼마나 더 많은 무엇을 삼켜내야 할까. 나날이 깨어질 듯 연약한 육체와 찰나의 아픔을 둔감하게 만드는 물질이 없는 삶을, 이제는 상상도 할 수 없을 만큼 우리를 낡은 신세로 만든 건 도대체 무엇이었을까. 식도로 넘어간 약들이 눈물 자국처럼 남아버린 사람의 얼굴은 부쩍 주름져 있다. 어쩔 수 없다. 그럼에도 살아야 할 이유를 끈질기게 지키는 수밖에.

나는 별안간 약을 깨부술 수도 없고 기꺼이 넘길 수도 없는, 어느 지경의 틈에 덩그러니 놓여버리고 말았다. 살아가는 일은 때때로 분했다.

　여러 약들 가운데 유독 엄마가 먹는 약의 개수가 많았다. 처음 살아보는 세상이라 엄마는 이토록 아파야만 했던 걸까. 문득 우리는 멀쩡히 살아있기 위해서라도 보이지 않는 곳에서 안간힘을 써야 하는 존재인 듯했다. 나는 멍하니 그것들을 바라본다. 관자놀이가 지끈거렸다. 늦기 전에 얼른 약을 넘겨버렸다. 약들이 식도로 굴러떨어진다. 깊은 곳에서 누군가 외쳤다. "이대로 무너지는 안 된다." 라고. 맞다. 나는 순순히 병들 수 없다.

　나는 문득 엄마의 생애를, 이 약들을, 초월한 무엇인가가 되어야 한다고 스스로 다짐하면서 벌컥벌컥 물을 들이부었다.

지하철 1호선

어떤 공간에는 풍경과 상처가 공존해 있다.

지하철 1호선은 가난한 선로이다. 물론 전국의 호선을 다 경험한 건 아니라 딱 잘라 단정하기에는 오만하지만, 내가 감각한 1호선은 우선 그렇다. 나는 지행역에서 타고 내린다.

사람들이 대부분 노인으로 이루어져 있다. 어디서 출몰했는지 모를 노인들, 간간이 외국인, 학생들, 한 손을 내밀고 사람들 앞을 차례대로 지나가는 노숙자. 이제 막 스물이 넘어 보이는, 얇은 발목을 차게 드러내고, 딱 달라붙는 스키니 바지에, 허리가 거의 가려질락 말락 하는 짧은 겉옷을 입은 젊은 여자, 남자들이 있다. 젊은 사람들은 어서

이 지루한 시간이 지나기를 바라는 표정으로 휴대폰을 들여다본다. 노인들은 모여 있고 젊은 사람들은 대부분 혼자 있다. 나도 혼자 있는 젊은 사람 중 한 명이다.

노인들은 함께 있다가도 혼자 있다. 노인들의 형색은 파리하고 무미건조하다. 나는 청량리나 종로3가역에서 이따금 중절모에 양복을 차려입은 노인을 보곤 했다. 나는 겉모습에서 연유하는 편견에 많은 회의를 가지고 있지만, 역시나 그러한 노인을 보면 '뭐 하시는 분일까?'하고 자꾸만 상상하게 된다. 과연 옷이 날개구나 싶고, 그러한 노인들은 대개 점잖고 기품 있어 보인다. 소위 '멋쟁이 할아버지들'이다. 이 멋쟁이 할아버지는 1호선에서 이방인이 된다. 이것은 개성보다 어울림을 중시하는 공간의 특성이다.

좌석이 스웨이드 재질로 되어있다. 말미잘처럼 일어나 있는 털 오라기에는 폭신함과 더러움이 공존해 있다. 스웨이드는 엉덩이를 밀려나지 않게 고정시키고 제법 따스한 느낌을 주지만, 언젠가 누군가 흘린 땀이나 음식물, 어떤 오염이 전부 닦여나가지 못하고 그대로 스며들어 있는 듯한 퀴퀴한 감각을 함께 일깨운다. 본래 파란색이었던 좌석은 군데군데 거뭇하다. 이제는 거의 모두 검푸른색이다.

좌석에 앉을 때, 나는 하릴없는 세월의 오염을 생각한다. 저 아래 묵혀있을 악취와 그것의 모순을 생각한다. 누군가 흘린 땀의 근원과 밀착된 엉덩이의 피로를 생각한다. 좌석을 바라볼 때, 나는 여념 없이 앉아 가는 사람들의 목적지를 생각한다. 스며드는 얼룩의 권태와 무심코 지나치는 시선의 무력함을 생각한다. 굽이굽이 흘러가고 멀어져 가는 바깥을 보았을 때, 떠나고 싶은 충동을 억제한 나직한 자유와 고여있는 마음속 농담들을 뒤로하고 고즈넉했을 어느 저녁을 생각한다.

지하철은 세월과 사연의 모습이 바깥으로 나와 가시화되는 공간이다. 어떤 공간에는 풍경과 상처가 공존해 있다. 어디로 가는지 모를 사람들이 오늘도 지하철을 탄다. 어디로 가는지 모를 희망들을 싣고서, 새 빛이 다시 가난한 유리창으로 들이쳐왔다.

걸음들

그때쯤에는 곁에 있을 누군가와 함께 무심히 사랑하며,
한나절을 거니는 거라고.

지나가는 모든 존재들이 이따금 안쓰러울 때가 있다.
저마다의 삶에 전망보다 비애가 선연한 날이 있다. 아마
그 시선의 기원은 내 가난한 심상의 일이다. 안쓰러움은
깊이 공감할 수 없고 다만 느낄 뿐이다. 그래서 오래 들여
다볼 수밖에 없다. 어쩌면 겨우 조금밖에는 들여다볼 수
없겠지만.

우리 집 근처에는 초등학교가 곳곳에 있다. 오후 2시쯤
이 되면 아이들이 일제히 하교를 한다. 학교를 동시에 빠
져나오는 순간에는 홀로 걷는 아이들이 없다. 아이들은
삼삼오오 모여 재재거리고, 조금씩 모여 세상을 구경하듯
걷는다. 간혹 미끄러지듯 걷는 아이들도 있는데, 이 아이
들은 발에 바퀴를 달아놓고 세상을 걷는 듯하다. 아이들

의 걸음은 경쾌하고, 이 경쾌함은 의심이 필요 없다. 아이들의 소리는 새가 지저귀는 소리와 비슷했고, 소리와 아이들은 하나의 실체를 이루어서 맑은 창공으로 널리 뻗어나간다.

나는 아이들의 걸음에서 날씨 좋은 일요일 오후와 같은 질감을 느끼곤 했다. 삶이란 게 그리 퍽퍽하고 딱딱하고 삭막한 것만은 아니고, 때로는 이토록 귀엽고 경쾌하고 사뿐할 수 있다는 것을. 일순간 이 흥분에 머물고 싶어 나는 그 모습을 멍하니 바라본다. 조금 멍청하게 있다 보면 이내 해야 할 일들이 생각나 돌아선다. 그때쯤 아이들도 서로 안녕을 말한다.

학교 횡단보도 앞에는 녹색 옷을 입은 노인들이 서 있다. 노인들은 곧장 마루에 드러눕고 싶은 표정으로 고독하게 서 있지만, 아이들이 주르륵 나오자 슬쩍 미소가 번진다. 노인들의 미소는 수더분하고 온화하다. 주름이 깊을수록 미소가 귀하고 아름답다. 아이들이 하교할 때, 노인들은 지금까지의 기다림이 헛되지 않다는 듯 뿌듯한 표정을 짓는다. 그들은 오직 이 시간에 깃발을 안전히 올리기 위해 가만히 서 있는 노동을 자처하였음을 온몸으로 말하는 듯했다.

노인이 횡단보도 앞에서 깃발을 올릴 때, 팔의 움직임은 숭고하고, 노인과 노인이 만드는 안전거리 사이에서 삶은 잠시 편안해지는데 이때 타인으로부터 건너오는, 대가 없는 배려는 삶에 엷고 질긴 막을 감싸 입혀준다. 이 찬란한 녹색빛의 노인들은 오후 3시가 넘어갈 때쯤 퇴근한다.

　　나는 기다리는 것과 보내주는 것의 중간 마음을 생각했다. 언젠가 나의 인내와 수고로움을 완벽히 알아주지는 못해도, 다만 안전히 가는 그 뒷모습만으로도 마냥 뿌듯했던 마음을. 다행스러운 작별의 순간을 발견한다. 그것은 느릿느릿 떠올라 한동안 오래 머물렀다.

　　간간이 할머니의 손을 잡고 걷는 아이들도 있다. 내 앞에서 걷던 할머니는 위태롭게 걸었다. 할머니는 아이의 손을 잡은 채 걷는 듯하면서도, 아이를 지팡이 삼은 듯 걷기도 하였다. 할머니는 손자를 마중 나왔고 손자는 할머니를 배행한다. 이제 막 피어나려는 삶과 서서히 저물어가는 삶이 동시에 걷는데, 가야 한다는 목적지가 같다는 점에서 문득 그 둘은 다르지 않았다. 나는 잠시 넋을 잃고 그 모습을 오래 바라보았다.

　　어쩌면 우리의 생은 그런 걸까. 미끄러지듯이 걷다가 어쩌다 딱딱해지고. 그렇게 휘청이다 마침내 한 삶을 늙히고. 그때쯤에는 곁에 있을 누군가와 함께 무심히 사랑하며, 한나절을 거니는 거라고. 혹은 누군가를 가없이 지켜 주고, 기다리고 바래다줌으로써 빈약한 가망에 근육을 불어넣는 거라고. 인생은 이따금 황량하겠지만, 역시 쓸데없이 길어야 제맛이고. 그러니까 가끔은 너무 딱딱하게 살아갈 이유까지야 굳이 없을 거라고.

요즘에 나는 딱딱하게 걸어 다녔다. 곧 부러질 것처럼 걸었다. 나는 집 앞의 풍경을 생각하며 이따금 내 건조한 청춘에 연고를 바르곤 했다.

길가의 항해

그 도로 위에서 우리는 제각기 달랐고 또 닮아 있었다.

    늦은 오후였다. 장마전선이 한창이었는데 원체 나는 일기예보를 불신한다. 그래도 혹시 몰라 우산을 챙기는 편이긴 한데, 아마 그날은 아침부터 헐레벌떡 이곳저곳을 오갔다가 카페로 글을 쓰러 갔을 거다.

    진종일 카페에 틀어박혀 있었다. 몸이 땀에 젖어 근질거렸고 에어컨 바람에 다시 차게 식기를 반복했다. 이러다가는 몸에서 소금을 생산할 듯싶었다. 프랜차이즈 카페의 에어컨은 왜인지 모르겠으나 날개가 돌아가지 않는다. 날개가 하늘로 가 있지 않고 위쪽에서 한기를 내려보내는데, 이 한기가 한 방향에 멈춰 설 새 없이 쏘아대 몸의 한 면을 매섭게 얼린다. 그래서 자리를 잘 잡아야 한다. 잘못

하다가는 몸에 여름과 겨울이 동시에 공존하는 꼴이 된다. 속절없이 겨울이어야 하는 것이다. 여름에 한기로 인해 팔뚝을 문지르는 일은 우스꽝스럽다.

그런데 하필 나는 그날 자리를 잘못 잡아버렸다. 앉자마자 나는 한순간 자전거를 타고 내리막을 질주하듯 상쾌했는데 그것이 화근이었다. 강렬한 쾌락은 곧 재앙의 시작이었다. 1시간이 지날 무렵 몸의 한 부분이 유독 시렸다. 어느 부분은 여전히 찝찝했다. 내 몸은 꼭 점성이 높은 양념을 휴지로 지저분하게 닦은 것처럼 남루해져 있었다. 그때는 이미 사람이 가득 차서 자리를 옮길 수도 없었다. 그래도 글은 써야 하기에 몸을 배배 꼬면서 몇 시간을 더 있었다. 문득 기력이 쇠한 듯했다. 나는 카페에서 도망치듯 빠져나왔다.

카페에서 나오자마자 비가 부슬부슬 내렸다. 손엔 우산이 없었다. 나는 잠시 건물 처마 밑에 섰다. 집까지 가려면 못해도 20분 이상은 걸어야 했다.

빗줄기는 굵지 않았다. 다행이었다. 그러나 별안간 거세게 쏟아질지 모르는 불안감까지 모른 체 할 수는 없는 노릇이었다. 집으로 가는 길에 갑자기 홀딱 젖어버리면 그날따라 나는 너무 비참할 듯싶었고, 이 비참함은 불가해한 감정이라 집에 다다라 따뜻한 물에 샤워를 해도 온전히 씻

기지 않을 것임을 나는 확신하고 있었다.

　나는 너무 피곤했다. 어깨에 걸친 가방에는 노트북과 책이 들어있었다. 하필이면 또 계절이 여름이라 이것들을 보호할 겉옷도 없었다. 젖은 책은 말리면 그만인데, 노트북은 참으로 정직해서 잘못하면 냉정하게 고장 나버릴 것이었다.

　나는 순간 내 미래에 닥쳐올지 모를 최악의 순간들을 나열했다. 하지만 달리 어찌하랴, 암만해도 걸어가는 수밖에 없다. 흙이 튀어 오를 정도로 비가 쏟아지는 건 아니었고, 고작 동네에서 집으로 가는 수준에 택시를 타는 것은 스스로에게 용납이 안 됐다. 나는 그냥 걷기로 했다. 단념은 나에게 예삿일이다.

　그 저녁, 나에게는 집으로 가야 한다는 일념만 있었다. 하늘에서 무어를 내려도 그것을 경건히 받아들일 수밖에 없는 처지다. 나는 저 하늘을 탓할 게 아니라, 집으로 가야만 하는 내 꼬락서니를 돌아봐야 하는 것이었다. 말하자면 나는 너무 아둔했다.

　그 카페에서 집까지 가려면 자전거도로를 지나야 한다. 이 자전거도로는 비가 오는 날이면 부쩍 어둠침침해서, 내내 귀신이 몸을 통과하는 듯한 소름이 끼친다. 자전거도로의 질감은 매끈거리는데, 그곳에 빗물이 내려앉으면 하수구에서 바퀴벌레라도 튀어나올 듯싶고, 가로등 불빛이 곳곳에 물비늘을 비추면 나는 까마득한 심연의 골짜기 속으로 끝없이 빨려 들어가고 있는 기분이 든다. 나는 빠른 걸음으로 자전거도로를 지났다. 가방은 그런대로 팔로 끌어안았다. 팔을 앞으로 모으니 등이 구부러졌다. 비가 오는 밤에 우산 없이 걸어야 하는 길에서, 집은 영원히 도착하지 못할 것처럼 아득하다. 땅을 쳐다보며 걸을 때 두 다리는 정처 없다.

이날 거리에는 어디론가 가는 사람들이 더러 스쳤다. 그들은 신기하게도 우산 없이 걸었다. 다들 갑작스러운 비를 예상하지 못한 모양이었다. 사람들은 하나같이 몸을 반쯤 웅크리고 묵묵히 비를 맞으며 걸었다.

어느 청년의 등판은 이미 다 젖어있었다. 그 청년과 등판은 육상선수처럼 빠르게 사라졌다. 어느 노인은 빨리 걷기가 버거웠는지 비를 맞으면서도 여유롭다. 노인은 어둠 속에서 자유로웠고, 비는 노인을 다 적시지 못하고 겉도는 듯 보였다. 어떤 여성은 종종걸음으로 자기 몸만 한 가방을 앞으로 메고 걸었다. 여성은 가방으로 자기 몸을 보호하고, 허공에서 공허하게 둥둥 떠다니는 팔을 잠시 걸치는 난간처럼 활용하고 있었다. 한 아이는 어둑한 빗길을 뛰어다녔다. 그 아이의 움직임은 고난을 즐거움으로 탈바꿈하여 자기 몸으로 그것을 증명하듯이 밤을 밀고 나가고 있었다.

이 기묘하고 아름다운 장면은 내 마음에 오래 머물렀다. 비가 불규칙하게 내리는 이맘때 이 광경을 자주 만났다. 빗물이 가득 내려앉은 밤은 새로운 얼굴이 드러나는 시간이었다. 새로운 시간이 길 위로 떨어져 묻고. 시간은 모르고 있던 저마다의 얼굴을 낱낱이 끄집어내 끝없는 잔영을 어렴풋하게 비추는 것이어서, 그 도로 위에서 우리는 제각기 달랐고 또 닮아 있었다.

우리는 저마다의 고독과 그리움, 한 점의 여유로움과 경건함, 발랄함과 천진함, 또는 경쾌함으로, 가야 할 길과 이내 다다를 집으로 천천히 나아가고 있었다. 가는 길에 어떤 역경이 있더라도 걸음을 멈출 수 없는 이유는 누구에게나 있을 것이다.

사람들이 홀연히 작은 점이 되어 멀어졌다. 비는 후드득 소리를 내며 계속 내렸다. 밤은 머지않아 하얗게 아른거렸다.

태풍

'다행'과 '무력감'이 같은 것임을 알았다.

　아침 비가 내린다. 전국에 태풍이 한껏 기승을 부렸다. 유독 올해 여름엔 잔병치레가 많았다. 아니, 재난은 늘 있었다. 재난은 잊을만하면 곳곳을 습격해 왔을 것이다. 여태 내 값싼 눈에만 잘 보이지 않았던 것뿐이다.

　사람들의 고통에도 내 마음은 건조했다. 나는 내 관능에 진저리를 치면서 뉴스를 들여다봤다. 뉴스는 울고 있었다. 뚝뚝 떨어지고, 쓸려가고, 침식되는 소식과 마음을 잇달아 보도했다. 서울이 물에 잠겼고 차들이 떠내려갔다. 사람들이 손으로, 바가지로, 옴폭한 무엇으로, 구부정하게 몸을 숙여 물을 퍼냈다. 사람들이 사람 한 명을 끄집어내 부둥켜안았다. 하나같이 맨발에 슬리퍼를 신고 있다. 종아리까지 잠기는 물난리에 다리 사이로 갈라진 플라스틱이 부딪쳤다. 곳곳에서 개구리들이 튀어나와 울었다. 절망은 더 이상 참신하지 않은데 어딘지 모를 곳이 분명히 아팠다.

카페였다. 나는 어딜 가나 이어폰을 귀에 얹는데, 음악을 듣기 위함이 아니라 줄곧 소리를 차단하는 것에 비중을 둔다. 나에게 이어폰은 불가피한 처세다. 소리는 혼란이다. 혼란은 방황이고, 방황은 심장을 빠르게 뛰게 했다. 나는 이따금 원인을 알 수 없이 지치고 예민해지는데, 그것에 가장 커다란 비중은 역시 소리인 것이다. 하지만 이번 여름에 나는 일부로 이어폰을 버려두었다. 이어폰을 끼면 소리를 차단할 수 있지만 동시에 세상과 단절되기도 한다. 내가 나의 세상에 갇혀있는 기분, 조용함이 지루함으로 변모하고, 지루함이 얼마 안 가 고통으로 끝나는, 초라한 고요가 있었다.

그럴 때면 하루 내내 잠수를 하고 있는 기분이다. 공기가 거대한 수조 안에 있는 물처럼 답답하고, 나는 그것에서 벗어나야 함을 자각했다. 세상의 소리를 들어야 한다. 일상의 소리와 재난을 느껴야 한다. 그 부산스러운 방황이 종종 간절히 필요한 것이다. 모양은 까뒤집혀 있으나 무엇도 들으려 하지 않는 하찮은 내 귀를, 이 귀를 쑤셔 뚫어야 한다. 귀를 열지 않으면 삶의 의미를 잃어버릴 것이다.

어디선가 중년 남자 둘이 말하는 소리가 들려왔다.

"제주도는 지금 난리란다."

남자는 무심한 투로 말했다. 반대쪽 남자가 휴대폰을 보면서 고개를 끄덕였다. 그의 끄덕임으로 이야기는 더 이어지지 않았다. 나는 갑자기 심부가 무거워짐을 느꼈다. 지금 우리는 감수성이 퇴화된 시대를 지나는구나. 고통은 이제 익숙하였으니, 그 와중에 남을 들여다볼 여유 따위는 먼 나라의 축제 같은 것에 불과했고, 발원한 재난은 이제 무미건조한 모래처럼 변해 버리는 기분이었다. 그 속에서 현기증이 날 지경이었다. 타인의 고통에 건조한 사람. 그게 '나'라는 끔찍한 사실도 곧 또 다른 고통의 시작이었다. '제주도'라는 단어에 제주도에 사는 누나 생각이 났다. 곧장 기상특보를 검색했다. 검푸른 구름에 가려진 작고 둥근 땅덩이를 보았다. 그곳에는 있던 사람도 없어지거나 없어야 할 것 같았다. 누나는 다행히 커다란 피해가 없다고 했다. 검은 구름이 낄 때마다 불안에 움찔거리는 것 말고는 고되지 않다고 했다. 나는 '다행'과 '무력감'이 같은 것임을 알았다.

여름은 여러모로 아픈 계절이다. 희우는 너무도 아득했고 이제는 매정하기까지 했다. 앓다가 보니 어느새 여름이 갔다.

하루의 바깥

나는 날마다 익숙한 듯 낯선 관통을 느낀다.

계절의 중심에서 나무와 건물에 천천히 씻겨져 오는 바람이 있다. 그 바람은 맑은 듯 서늘하게 머리 위로만 나아가며, 한 치의 망설임도 없이 계절의 부피를 불려낸다. 나는 바람이 불린 공간이 너무나 포근해서 하루 동안 묵은 때를 그곳에 벗겨놓고 다시금 천천히 어디론가 가야 한다고, 작은 결심들을 쌓는다.

어스름 녘, 벤치에 엉덩이를 풀썩 처박는다. 혼곤한 정신을 잠시 앉힌다. 시간 말고는 아무것도 나를 옮겨놓을 수 없을 듯할 때, 어김없이 바람이 불었다. 어쩌면 바람이 나를 앉히게 하는지도 모른다. 멈춰야 나아갈 수 있다고,

그 바람은 속삭인다. 유난히 뒤숭숭한 생각들에 자주 눈을 비비던, 가을을 지나면서였다.

계절이 건네오는 수많은 선물 중에서 나는 '바람'을 가장 사랑한다. 바람을 쐬면 온몸에 숨구멍이 단번에 열리곤 했다. 그 순간에 나는 살아있다는 실감을 몸으로 안다. 하나의 단어로 함축되었지만 나에게 바람은 수십 가지 종류로 나누어진다. 장소나 시간, 감정과 환경에 따라 부는 바람의 질감은 하나도 같지 않다. 어쩌면 바람이 아니라 바람을 쐬는 내 삶의 원형질이 다르기 때문이겠지만.

바람은 나에게, 나 자신이 한없이 작디작은 존재라고 말하는 듯 매정하기도 하고, 때로는 세상에 유일한 주인공은 나뿐이라고 일깨운다. 어릴 적 머리를 쓰다듬어주던 할아버지의 손길처럼 보드랍다가도, 뺨을 후려 맞는 것처럼 따갑기도 하다. 오래 간직하고 싶기도, 다시는 경험하기 싫기도 하다. 바람은 나를 발가벗은 오줌싸개로 만들기도 하고, 막 총을 들고 전장을 나가는 군인의 용기를 느끼게도 한다. 나는 바람이 불면 주로 고개를 치켜들고 머리카락 사이사이에 틈으로 통과하는 찰나의 여운을 즐긴다. 이 여운은 싹 다 잊힘으로써 영원하다. 일전의 기분은 우수수 떨어져 나가고, 아무럼 이러한 나의 탄식에도 바람은 태연하게 불어온다. 나는 날마다 익숙한 듯 낯선 관통을 느낀다.

어느 날 바람은 망각이라는 사실을 받아들이라고 가르친다. 기억은 사라지는 운명을 타고난 것이므로. 고로 날마다 새로운 '하루의 결'을 만끽하는 사람만이, 하릴없이 사그라드는 기억의 심부를 뛰어넘을 수 있다고, 문득 생각해 본다. 내가 바람을 좋아하는 까닭은 어쩌면, 매일매일 생기롭게 하루를 유영하고 싶다는 순수한 가벼움 때문이 아니었을까.

따분하고 무겁게 타고난 나의 기질을 거스르는 바람을 맞으며. 예상치도 못한 곳에서 신기로운 감각을 여는 하루가 살포시 왔으면 한다고, 일상이 권태로울 때마다 나는 종종 소망해 본다. 다시금 움직이다 보면 바람이 불 것이다.

가을의 모습

잃어버린 보금자리를 발견할 수 있기를.

가을이 완연하다. 가을의 자태는 제법 빠르게 수그러들지만 그럼에도 연중 가장 좋아하는 계절이다. 이 다소곳한 계절에는 사람들이 더 조용하고 현명해 보인다. 부쩍 후텁지근하지 않은 공기의 영향이었을까, 사람들은 고작 몇 주전의 모습은 자기 자신이 아니기라도 하다는 듯 차분하고 유연하다. 누군가의 오래된 사진 앨범에 한 잎 들어갈 낙엽처럼 기꺼이 오붓하고 인자해 보이기도 하다. 낭만은 조금씩 씨가 말랐지만 다시금 비슷한 빛깔이 그윽하다. 가을은 침묵과 미의 시간들이다.

문득 우리는 얼마나 많은 모습을 가졌고, 그것은 얼마

나 벌거 아닌 환경에서 피어오르고 덧없이 누그러지나 생각한다. 가을은 어쩌면 적당히 혼자서 걷다가 천천히 혼자가 되는 준비를 하는 계절일지도 모르겠다. 나뭇잎과 줄기의 색이 천천히 같아지고 있었다.

시집 한 권을 사러 서점에 들렀다. 별안간 사람들이 붐빈다. 확실히 여름과 비교했을 때와는 웅성웅성 어수선하다. 서점이 북적북적한 것에 나는 다행스럽다가도 한편으론 슬퍼지곤 했다. 사람들은 이제 안으로부터 따뜻해질 대비를 하는 걸까. 한달음에 다가올 모진 계절 앞에서 마음의 무장을 할 필요가 있었던 걸까. 하기야, 지금까지 서먹했던 나와 조금은 더 가까워져야 하겠지. 그래야 검은 하늘이 길고 기분이 자주 시린 계절 또한 안전히 지날 수 있을 테니. 대뜸 서성이는 사람들의 모습에 나는 불현듯 만감이 교차하곤 하였다.

나는 바랐다. 주섬주섬 아무 책이나 일단 펼쳐 읽는 어느 청춘들, 어떻게든 무사하려는 마음들, 안녕해야 할 마음들과 안전히 안녕하기를. 애틋하지 않기를. 잃어버린 보금자리를 발견할 수 있기를. 이제는 한시름 덜어내고 가기를. 언제든 드러누울 수 있는 바닥이 있기를. 문득 마음을 비집고 들어오는 찬기에 적어도 꽁꽁 얼어붙도록 놔두지는 못할 보온이 있기를, 그런 우리이기를.

　나무의 초록 이파리는 꾸역꾸역 떨어질 준비를 했다. 떨어지는 건 곧 죽어 사라지는 게 아님을, 차츰 새로운 세계의 발판임을. 나는 가을의 나무를 보며 안다.

강가에서

엉켜있던 혼란은 문득 그 자체로 평화롭다.

종종 집 앞 강가를 찾는다. 주에 한 번 정도다. 빽빽한 콘크리트 덩어리 속 숨 막힘. 가늘고 시린 불빛. 너무 많은 사람들. 격렬한 말. 폭력적인 움직임. 위험하게 다니는 차들과 오토바이. 허무한 표정. 잠시 그것들에서 벗어나기 위해 강가로 간다(물론 그것들도 내 세상의 일부이기에 끝내 완전히 분리될 수는 없겠지만 아무튼). 긴 숨을 내쉬고 돌아오면 마음이 한결 가뿐하다. 늙은 강이 더디 흐른다. 나도 거기서 적당히 여유롭게 늙는다.

이 강은 일명 '신천강'이라고 일컬어지는데, 나는 어려서부터 '똥 강'이라고 불렀다. 다들 그렇게 부른다. 근처에만 가도 심심한 소똥 냄새가 나기 때문이다. 가끔 다른 지역으로 나갔다가 동네에 들어서는 순간 이 냄새가 차 안으로 들어오면 인상을 찌푸리면서도 그래도 집에 왔구나 싶어 괜히 반갑기도 하다.

강 가까이 가면 이상하게 냄새가 덜 하다. 축축한 이끼 냄새, 나무 냄새 같은 것들이 오묘하게 섞여 있다. 냄새들이 콧속에 들어오면 그래도 자기가 '강'임을 어필하고 있구나 싶다. 여러모로 짜증 나고 귀여운 강이다.

나는 냄새를 차치하고 그곳을 좋아한다. 냄새야 차차 익숙해지기 마련이다. 간혹 너무 역한 냄새가 나면 담배를 피운다. 강은 아무런 잘못이 없다. 그 냄새는 인간의 오물, 불행, 모순, 한탄, 방황, 절망이 뒤섞인 냄새다. 종종 강 주변에는 소주병이 나뒹굴거나 치우지 않은 개똥이 문드러져 있다. 따지고 보면 겨우 소똥 냄새가 난다는 게 용한 수준이다.

그곳에는 하얀 억새와 푸른 나무가 자라 있다. 억새와 나무는 서로 마주 보고 자라나 있지만, 둘은 전혀 화친하지 못하고 서로 데면데면하다.

억새는 우아하고 태만하게 살랑인다. 바람에 제 몸을 맡기고 눕다가 일어났다가 한다. 그럴 때 억새는 마른 잎이 쓸려 부딪히는 서걱서걱하는 소리를 낸다. 그 소리는 수수하고 고고하고 외롭다. 소리가 주위를 에우면 적막이 한껏 차오른다. 억새는 어떠한 풀과 벌레도 상종하지 않겠다는 그 냉소적이고 고독한 성격 때문인지 늘 주위가 한산하고 초라하다. 억새는 벌이나 나비의 쉼터나 노점이 되질 않는다. 억새는 향기도 없고 꿀도 없다. 나는 그 모습이 외로워 보이다가도 제법 의연해 보이기도 했다. 억새는 나에게 줏대 같은 게 왜 필요하냐고 말하는 것 같았다. 그저 흘러가는 대로 살아도 괜찮지 않겠냐고, 너무 딱딱하게 굳어 있는 나를 비웃는다. 억새는 바람의 풀이다.

억새 반대편에는 나무가 자라나 있다. 억새는 만사가 귀찮다는 듯 태평스럽게 뭣 하러 그리 뻣뻣이 서 있느냐고 나무를 비웃는다. 억새는 나무를 이해하지 못한다. 저 나무는 지금 미친 것이다. 저것은 변종이다. 저것은 누워 자지 않는 족속이다. 저것은 바람을 등지는 푸석한 생물이다. 나무도 질세라 실바람에 곧잘 대가리를 처박는 억새를 하찮아한다. 나무는 억새가 미천하고 철없다고 생각한다.

나무는 기백이 곧고 단단하다. 서로 적당한 간격으로

떨어져서 저마다의 존재를 남에게 기대지 않으면서도 군집을 이루고 있다. 하늘을 가장 가까이 올려다보고, 볕을 누구보다 먼저 쬔다. 모든 식물을 내려다보고 모든 식물보다 멀리 본다. 근처에 친구가 많고, 서로 가지를 맞닿은 채 부대껴 있다. 배려심도 넘쳐서 기꺼이 자신의 몸통을 내어 준다. 그것은 땔감도 되고 집도 된다. 여름에는 그늘이 되고, 장마전선에는 우산이 되고, 악취에는 필터가 되고, 겨울에는 낭만이 된다. 나무는 이타적이면서도 땅 위에 군림한다. 나무가 자살하면 대지는 멸망하는 것이다. 억새는 아마 유일하게 나무가 죽든 살든 별 관심이 없을 것이다. 억새는 살랑이고, 나무는 움쩍하지 않는다. 나는 그것들을 번갈아 바라본다.

인적 없는 강가에 그것들은 자라나 있다. 나는 억새처럼 사는 삶과 나무처럼 사는 삶을 내내 상상했다. 물기가 뺨에 들러붙는 강가의 밤을 지나면서 이 둘이 조화로운 삶을 연거푸 뇌어 보았다. 그 삶에 지는 흙이 있다면 또 무엇일까 생각했다.

나는 무엇인가 명백히 상충되었는데 그것이 이상하게 어우러질 때, 형용할 수 없는 놀라움을 느끼곤 했다. 말하자면 진정 내 안에서 솟아 나오는 것들은 서로를 업신여기고 있었고, 그것은 역설적이게도 멈춘 시간을 천천히 흐르게 하는 동력이 되기도 했다. 엉켜있던 혼란은 문득 그 자체로 평화롭다.

사람의 몸을 부품이라고 생각하는 이 사회에서 나는 그래도 살아남아야 할 것이다. 나는 억새처럼 살랑일 수도 없고, 나무처럼 우직할 수도 없다. 언제나 간직할 수도 없고, 마냥 내어줄 수도 없다. 언제까지나 자유로울 수도 없고, 언제까지나 묵묵할 수도 없다. 그 둘은 공존하는 것이다.

나는 적재적소에 억새와 나무를 떠올리고, 상황에 맞춰 내 마음을 변모시키는 지혜가 절실히 필요함을 알았다. 억새도 되었다가, 나무도 되었다가. 그렇게 홀로 의연하게 살랑이다가, 어느 날은 내 굵직한 몸통을 잘라 누군가를 데워주고 싶다.

눈이 오면 다시 강가를 찾아야겠다.

할아버지

엄마는 입김처럼 하얀 할아버지의 밥을 포장한다.

내 할아버지는 종교인(불교)이다. 할아버지 집은 절이
다. 엄마가 말하기를, 할아버지는 원래 종교인으로 살 마
음이 없었다고 한다. 태어나보니 절에 버려졌고, 절에서
키워졌고, 그렇게 스님이 되었다고 말했다. 할아버지에게
직접 듣지는 않아서 나는 엄마의 말을 반만 믿었다. 반만
믿었어도 충분히 충격적이었다. 전래동화를 듣는 것 같았
다. 나는 "그렇게 참혹한 운명이 어디 있어?"하고 되물었
다. 엄마는 침묵했다. 엄마는 약간 입술을 일그러트리면
서 착잡한 표정을 지었다. 어떤 말은 소리로부터 도망쳤고
그것으로 말이 되기도 했다.

나는 더 묻지 않았다. 어떤 질문은 멈출 때를 알아야 한다. 어렴풋이 그 시대는 무슨 일이든 일어나도 이상하지 않을 시대이겠구나 싶었다. 그저 밥을 먹는 것이 삶에 유일한 소망인 시대에 직업에는 귀천이 없다. 그 생각이 나를 오래도록 고통스럽게 했다. 대번에 그 생각이 든 내가 반갑지 않았다.

반갑지 않은 생각을 한다는 건 나이를 먹는다는 증거다. 반갑지 않은 생각은, 반가웠던 누군가의 생존 이면으로 거슬러 올라가 거역할 수 없는 연민과 책임을 느끼게 했다. 우리는 누군가의 현실이 때로는 기묘하게 이어져 왔다는 사실에 삶에 위엄과 비애를 감응하고, 그것으로 인하여 그 사람의 결점까지 사랑하게 되는지도 모른다. 생존했다는 것은 그 자체로 얼마나 위대한 일인가. 아마 할아버지 나이가 되어서도 나는 그것을 모를 것이다.

할아버지 집은 제법 고지대에 있다. 절 뒤로는 울창한 산이 배경을 이루고 있다. 산은 절을 감싸 보호하고 있고, 절은 산에게 담쏙 안겨 있다. 산은 냉정하게 밤을 끌어오면서도 가장 빠르게 아침을 가져다준다. 그곳에서의 아침은 어느 아침보다 싱그럽다. 곳곳에서 풀과 나무가 기지개를 뻗고, 나비나 벌이 자주 출몰해 앉아서 쉬다 간다. 산의 아침 풍경이다. 어릴 적에는 개가 많았는데, 지금은 고양이 왕국이 됐다. 식물들은 자라나며 숨을 쉬고, 동물들은 잠시 숨을 돌린다.

절의 시간은 도시의 시간보다 약 3~4시간 정도가 빠르다. 오후 4시쯤이 넘어가면 할아버지는 저녁을 맞는다. 절의 어둠은 도시와 비교를 불가할 만큼 스산하다. 어둠과 적막이 공존해 있는 산과, 법당에 누런 석상, 그 아래 할아버지의 방은 의미심장하고 을씨년스럽다.

이층에 있는 장독대는 빛을 받아 숨을 쉬고 어둠에 맞서며 강해진다. 장독은 옹기종기 모여 보온을 유지한다. 그 안에서 발효되는 '장'에는 외곬의 삶이 어려있고, 할아버지는 그 장으로 쓰라린 위장을 데워 차가운 밤을 난다.

어릴 적에 나는 그 산에서 자주 뛰어놀았다. 애벌레나 잠자리를 잡으며 놀았다. 작고 날렵한 몸으로 비탈진 산길을 이리저리 쏘다니면 마치 탐험가라도 된 듯했고, 그때의 장면들은 언제 어떤 감정으로 떠올려봐도 스르륵 미소가 지어진다. 몇 안 되는 동심의 행복으로 마음 한 곳에 따뜻하게 남아 있다. 문득 어려서부터 학교생활을 지긋지긋해하고 따분해하던 이유가 조금 이해가 된다. 나는 학교나 학원처럼 벽돌이 사방을 막아놓는 곳에서 이상하게 갑갑했고, 미처 다 못 쉰 숨을 산에서 몰아쉬곤 했다. 산에서 도시를 내려다보면 도시는 하찮아 보인다. 나는 그것이 아직도 이상하게 슬프다.

다 뛰어놀고 나면 법당에서 까무룩 잠이 들곤 했다. 석상 밑에서 방석을 덮고 잤다. 그때 나는 몸이 작아서 방석이 이불만 했다. 방석 이불은 굉장한 포근함을 가졌다. 법당의 방석은 세상 어느 이불과 그 부드러운 질감을 견주어도 이긴다. 나는 유독 빨간 방석을 좋아했는데, 그 방석은 알고 보니 할아버지의 전용 방석이었다. 주인이 있는 물건은 아무리 보잘것없는 것이라도 세월과 함께 경이로워지는구나 싶었다. 법당은 고요하기에 작은 발소리 하나하나까지 울려 퍼진다. 모든 것이 부쩍 신중하고 조심스러워진다. 그곳에서의 낮잠은 밤보다 깊다.

별안간 할아버지를 떠올린 까닭은 눈이 오기 때문이다. 현재 할아버지는 300평 정도 되는 절에 혼자 계신다. 간간이 보살님들이 오가시지만 방은 비어 있다. 예전에는 제법 사람들이 붐볐는데 지금은 다들 떠나고 없다. 더러 돌아가셨고 많이 떠났다. 엄마는 밥을 먹을 때마다 할아버지가 혹여 굶을까 봐 염려한다. 절 냉장고에 간간이 음식이

나 반찬거리를 채워 두지만, 할아버지는 원체 식성이 까탈스럽고 밥 먹는 것을 등한시하신다. 부쩍 쇠잔하셔서 입맛이 없으신 것도 한몫할 것이다. 나는 종종 할아버지의 밥을 배달해 드리곤 했다.

이제 나는 절에서 과거의 다정이나 경이로움, 포근하거나 싱그러운 질감을 느낄 수 없다. 다만 지금 우리의 무게를 가늠할 뿐이다. 겨울은 가을을 때려눕히듯 찾아왔다. 가을은 갑자기 사라졌고, 겨울이 그 자리에 일어섰다. 겨울에는 그 산과, 절의 어둠과 할아버지의 나뭇가지 같은 팔다리가 시시때때로 아른거린다. 엄마는 못 해도 나보다는 더할 것이다.

엄마는 입김처럼 하얀 할아버지의 밥을 포장한다. 곳곳에 얼어붙은 얼음들은 밥이 딱딱하게 굳어 내던져진 것처럼 보였다. 나는 길가를 멍하니 바라보고 있었다. 눈이 싫다. 미끄러운 바닥이 불안하다. 거리에는 곧 다가올 성탄절의 설렘을 고조시키는 노랫소리가 울려 퍼지고, 할아버지의 밥을 챙겨 들고 택시에 오르는 내 짐보따리는 무겁기만 하다.

불필요한 간직

시행착오라는 자격증은 내가 나에게 건네는 가장 모진 선물쯤 되겠다.

피부가 하얘서 불그스름한 홍이 유독 짙다. 몇 달 전부터 손등이 불긋하다. 피부가 수분을 잃어 흐트러지고 있었다. 따갑지는 않아 그런대로 신경을 껐다. 날씨가 건조한 탓이라고 짐작했다. 하지만 가라앉을 기미가 좀체 보이지 않았다. 모름지기 피부조직이 몸살을 해서 세균이 득실거리는 모양이었다. 세균도 나름대로 사람에게 쓸모가 있어서 아예 없으면 죽는다던데, 겉으로 표가 나는 세균은 정말 질색이다. 하루에 몇 번씩 손을 길고 세심하게 씻었다. 호전될 기미는 더더 보였다.

확실히 손을 자주 씻으니 세균은 차츰 죽어가는 듯했

는데, 완전히 박멸된 것은 아니었다. 세균은 음침하게 숨어 있다가 다시금 꿈틀댔다. 키보드에 손을 올릴 때나 어디든 밝은 조명 아래 있으면 유난히 붉은 얼룩에 짜증이 났다. 손등이 간지러울 때마다 손 가죽을 벗겨버리는 상상을 했다.

고작 손등 때문에 구태여 병원에 가는 것은 내키지 않았다. 나는 병원에 가지 않고 생활 속에서 내 몸에 맞는 처방을 발견하는 것을 좋아하는데, 지금까지 발견해 낸 것은 속이 울렁거릴 때 양배추 약을 먹는 것과 잠들기 전에 따뜻한 물을 마시는 거였다. 누군가에게 지혜를 갈구하지 않고 스스로 찾아낸 무엇은 전율이다. 물론 이것은 젊어서 누릴 수 있는 덜떨어진 허세일 것이다. 이 허세의 단점은 많고 장점은 적다. 단점은 뜻밖의 고통을 겪어야 한다는 것이고, 장점은 주도적인 생활을 배워간다는 점이다. 사실 단점이라고 할 것도 없다. 삶에서 고통은 당연한 수순이고, 고통은 뭐가 됐든 나를 빈손으로 돌아가게 하지는 않았다. 시행착오라는 자격증은 내가 나에게 건네는 가장 모진 선물쯤 되겠다.

곰곰이 내 손등에 맞는 처방이 뭘까 생각했다. 당장 이렇다 할 방편은 없었다. 열심히 손을 씻고 로션이나 거푸 바르면 알아서 괜찮아지겠거니 했다. 그리고 보니 집 안 구석구석에 로션이 한가득이다.

　로션을 한데 모아 하나씩 시험했다. 어떤 로션은 닿자마자 따끔거려서 곧바로 화장실로 달려가 모조리 씻어내야 했다. 아픈 게 몸에 좋다는 역설을 불현듯 떠올렸지만 통증이 부자연스러웠다. 그 로션은 바로 쓰레기통으로 직행했다.

　어떤 로션에는 '보습 성분이 매우 풍부한'이라고 적혀 있었다. 웃었다. 믿지는 않았지만 일단 짜 봤다. 녹진한 감촉이었다. 그 로션은 비록 통증을 유발하지는 않았지만 며칠이 지났는데도 붉은 기가 그대로였다. 로션이 살갗을 겉도는 느낌이었다. 자주 바르면 어떨까 싶어, 가지고 다녀도 봤지만 손등은 여전히 붉고 까슬거렸다. '보습 왕' 로션 역시 탈락이었다.

　로션을 짜고, 바르고, 씻고, 버리고, 나는 이 짓거리를 한 네댓 번 반복했다. 신물이 났다. 나는 알았다. 이것 중에 '내 것'은 없는 것이다. 평소에 아깝다고 생각했던 것들은 대부분 내 것이 아니었다. 싹 다 모아 버렸다.

분리수거장에서 나는 모처럼 홀가분했다. 누적된 과거의 물욕과 계통 없는 생활의 무질서로 인해 자라난, 어떤 무거운 혹 같은 것이 툭 하고 떨어진 것이다.

　가만 보면 주변에 가득 찬 게 쓰레기다. 그것들은 대부분 내가 구매한 것들이지만, 완전한 나의 의지였을까 생각하면 의문스럽다. 모름지기 추천받았거나, 호사스러운 광고에 속았거나, 뜻 모를 충동으로 구매했을 터이다. 문득 몇 년 전의 내가 불쌍해졌다. 이제라도 조금씩 버려야겠다. 손등이 여전히 붉다. 가는 길에 후시딘을 사봐야겠다.

일상적 모험

작은 감당이 익숙해지면 조금 더 큰 모험을 할 수 있겠다, 우리.

늘 같은 일상은 차츰 음울한 그림자를 몰고 왔다. 비슷하고 평범한 일상이 이어진다는 것은 생각해 보면 틀림없는 축복이지만, 검고 지루한 그림자가 시시때때로 출렁였다. 머리로는 아는데, 마음에서는 자꾸만 싫증을 낸다.

모험이 간절했다. 비록 삶이 그 자체로 즐겁고 설레는 것은 아니지만, 일일이 너무나 건조해서 가뭄이 날 지경이었다. 이럴 때면 차라리 확 내려놓고 되는대로 사는 것도 방법이지만, 일상이 지루할수록 나는 외려 오기가 생겼다. 그 가혹한 지루함을 깨부수고 싶다. 덧없이 내려놓고 싶지 않다. 주저앉아서 나를 경원시하는 건 나밖에 못 한다. 그

반대 또한 마찬가지다. 물론 모험도 그런대로의 폐단을 낳겠지만, 종국에 어떻게 되든 기꺼이 시도해 볼 만한 가치는 충분하다. 일상의 사소한 오염은 곧잘 삶에 영향을 끼치기 마련이다. 나는 내 삶을 지키고 싶었다.

나에게 모험은 하루에 몇 시간을 치환시키는 행위다. 여행과는 다르다. 하루 절반 이상에 영향을 끼치는 움직임은 다소 벅차다. 늘 습관처럼 행하던 한두 가지를 바꿔보는 것은 이미 모험이다. 거의 20년째 같은 미용실을 다니고, 몇 년째 같은 카페에서 같은 자리에 앉기를 선호하는 나에게, 사소한 변화는 적지 않은 용기를 수반하는 일이다. 용기를 낼 때 심장은 줄곧 두근거리는데 이 박동이 여름날의 곤충들처럼 발랄하게 콩닥거릴 때, 은근했던 두려움이나 불안은 가지런하고 수더분하다.

하루는 커피 대신 '차'를 마시고, '차'라는 세계에 관심을 기울였다. 건조한 잎이 뜨거운 물을 만나 비밀처럼 우러나온다. 나는 이 경이로운 풍미를 천천히 음미한다. 차는 불로 우려낸 물이다. 불을 잘 걷어내고 물을 다스려야 차향에 온전히 취할 수 있다. 어떤 것은 자세히 음미하기 위해 분리되어 멀어져야 한다. 차는 노을처럼 멀리서 은은히 배어 나올 때 가장 고스란하고 깊다. 너무 가깝게 들이대도 안 되고 저만치 멀어져도 안 된다. 차는 '혀나 목'으로 마신다기보다는 '코나 장'으로 마시는 물이다. 그것이 차를 대하는 나의 마음가짐이다.

아무 노래나 재생한다든가 영화를 틀어본다. 음악을 듣는 시간은 분명 많지만, 귀를 더불어 뇌를 울리는 '어떤 소리'는 '몰입'이라는 상태를 치명적으로 결정짓기 때문에 선택을 신중히 한다. 소리는 민감함을 극도로 끌어올린다. 그래서 고작 3~4분도 양보하기가 힘들어진다. 한 번 울린 소리는 머릿속을 흔들어댄다. 아무 음악이나 재생한다는 것은 3~4분 이상의 몇십 분을 우연에 맡긴다는 일과 같다. 성공하면 며칠 들을 음악을 찾게 되는 행운이고, 실패하면 그날의 얼마 동안을 빼앗겨야 한다. 영화는 말할 것도 없다.

음악은 글자처럼 관념적이지 않다. 귓속에 직방으로 선율을 내다 꽂는다. 음표가 사람의 고뇌와 손으로 정돈되어 조화를 이루는 마법 같은 일을 나는 감히 설명할 수 없다. 음악을 가장 잘 듣는 방법은 음악을 분석하려 들지 않는 것이다. 어떤 음악에도 정서는 있다. 그것을 그저 느끼면 된다. 분석은 프로듀서들에게나 맡기고, 그저 소리를 고스란히 듣는 지혜가 필요하다. 음악에 온전히 취하기 위함이다. 취향의 영역으로 가기 이전에 선불리 판단하지 않는 태도는 중요하다.

　영화의 끝은 고요하다. 이 고요는 불가피하다. 실패한 영화의 끝은 어수선하고 억울하지만 성공한 영화는 고요하고 솔직하다. 무엇이 됐든 '영상'의 경이로움에는 이견이 없다. 괜스레 내가 영상에 훈련이 잘 되어있다는 것을 굉장한 복이라고 여겼다. 영상은 시각으로 하여금 평가자가 아니라 발견자로서의 전율을 준다. 눈으로 마주한 전율의 파동은 기억을 타고 내려가 나를 끄집어내기 시작하는데, 이때 세상에는 부끄러움과 아연함, 고요와 황홀이 동시에 공존해 있다. 갑자기, 평안하다. 보드랍고 포슬포슬한, 사람의 크기에 거의 가까운 개를 끌어안는 기분이다. 이대로 잠들면 최고의 잠을 잘 것 같은 순간이다. 나는 영화의 스토리를 평하지 않으려 한다.

　일부로 세상이 움직이는 소리를 듣기도 한다. 음악에 빠져있는 시간도 매우 좋지만, 음악 속에 빠져있는 동안 나는 나만의 세계로 끊임없이 빠져들어 현실과 멀어지는 기분을 느끼는데, 그것이 내키지 않을 때가 있다. 이어폰을 내던지고, 나는 몸과 감각 사이에 존재하는 나를 연다. 주로 산책할 때가 그러하다. 산책할 때 음악은 외려 방해가 된다. 그득한 길을 나의 감각으로 순결이 받아들이고, 그것들이 다시금 몸 뒤로 빠져나갈 때, 진동하는 몸에는 선율이 인다.

주로 지하철을 이용하지만, 어느 날은 조금 이르게 내려서 버스에 오른다. 버스는 지하철보다 느리지만 재미있다. 정해진 역으로 순순히 간다는 점에서 버스는 지하철과 비슷하지만, 버스는 지하철에서는 결코 볼 수 없는 풍경을 보여준다. 이 풍경은 내 삶의 정서와 닮아있다. 지하철은 매끄러운 레일 위를 빠르게 달리지만, 버스는 투박한 네 바퀴로 레일이 없는 모든 길을 간다. 각자의 종착지로 가지만, 버스는 모든 정류장에서 멈추지 않는다.

버스는 지하철만큼 편안하지 않다. 덜컹거려서 간혹 곤혹스럽기도 하다. 대신에 부쩍 노곤해지지 않는다. 버스는 덜컹거리면서 앞으로 나아가고 있다는 감각을 몸에 전달시킨다. 버스가 덜컹거릴 때 느껴지는 진동은 내 몸에 균형과 중심을 바로잡아준다. 버스는 그 덜컹거림으로, 종종 거북한 만큼 밀접해야 하는 지하철의 부대낌과 철저히 멀어진다. 버스의 진동이 사람과 사람 사이에 일정한 거리를 만든다. 버스는 투박하게 평화롭다.

오늘도 버스는 느긋하게 달리면서 골목골목의 질감을 내비친다. 언젠가 지나쳤던 골목의 계절 내음을 맡는 일은 언제나 행복하다. 내 삶에 구체적인 정서와 질감은 역시나 지하철보다는 버스에 가깝다. 나는 버스에 오를 때 내가 시골 사람이라는 것을 사랑한다. 버스는 도로 위를 영화처럼 지나간다.

누군가의 추천을 받아서 즐거움을 찾지 않는다. 자기 주도적으로 사는 연습을 한다. 조금씩 살고 싶은 하루를 배워간다. 매사 감사하는 마음으로 살아간다. 어렵지 않은 일이다. 여느 모험이 그러하듯 당연히 리스크를 동반하지만, 감당해야 할 리스크가 크지 않은 행위를 차근차근 해나가면 결과적으로 일상에 환기가 돌았다. 단박에 무언가를 바꾸려고 하면 오히려 거부반응이 일어나 얼마 가지 못한다. 모든 변화는 느릴수록 길고 깊다.

문득 궁금했던 것에 그냥 발을 옮겨 본다. '그냥'이라는 말은 얼마나 신령한 움직임인가. 어쩌면 우리가 지나온 모든 순간은 나름의 행복을 간직했을지도 모른다. 익숙한 모든 날에 매일 다른 모습으로, 그것은 존재하고 또 올 것이다. 작은 감당이 익숙해지면 조금 더 큰 모험을 할 수 있겠다, 우리.

개

어떤 생명과 말을 하지 않고 교감할 수 있다는 것은 행복이다.

집에 하얀 개가 있다. '쭈니'라는 이름이 있는데 나는 '개'라고 부른다. 나는 그 이름이 더 편안하다. 나름의 이유가 있다. 미성숙한 마음이 있었다. 이름을 부르면 정을 나누게 될 거고, 나보다 보편적으로 빨리 죽는 생명과 정을 나눈다는 것은 상상만 해도 촉촉하게 진땀이 났다. 오만이었다. 함께 부대낀 지 어언 7~8년을 지나고 있는 지금은 안다. '정'이라는 것은 끝내 차단하거나 밀봉해 놓을 수 없음을. 더욱이 그럴수록 나는 안전해지는 게 아니라 되려 가난해진다는 것을. 또 나는 반드시 오래 살 거라는 인간의 치명적인 오만을 자각했다. 현재 나는 쭈니를 가족으로 여긴다. 그러나 여전히 '개'라고 부른다. 입에 익은 나만의 애칭이다.

　종종 개 곁에서 긴 시간을 늘어진다. 개와 함께할 때는 말을 하지 않아도 되기 때문에 사람과 함께 있는 만큼 에너지를 소비하지 않아도 된다. 사람과 어울리기 위해 말은 필연적이고 때때로 온갖 재앙을 불러왔다. 조심하려 해도 한 번 뱉은 말은 회수가 불가능해서, 그러니까 내게는 사람과 만나려면 늘 반드시 어떤 감당을 해야 한다는 전제가 깔린 셈이었으므로 늘 작은 신경들이 곤두서있다. 말로 사람을 잃어봐서 더 그런 듯싶다.

　그러나 개 곁에서는 그 어떤 인간이 감히 흉내 낼 수 없는 절대적인 평화와 안정이 있다. 어떤 생명과 말을 하지 않고 교감할 수 있다는 것은 행복이다. 지극히 분명한 행복이다. 물론 나의 교감은 다만 짝사랑 같은 것이어서, 개에게 가닿는지 아닌지는 알 수 없다. 교감이 되지 않더라도 상관은 없다. 함께 있다는 것 자체가 이미 교감을 뛰어넘은 다른 무엇이다.

　개가 짖을 때 나는 찬찬히 주위를 둘러본다. 개의 내면을 해석하기 위해 사력을 다한다. 물, 사료, 간식, 이것저것을 가져다 바친다. 그러나 개는 심드렁하다. 문득 주위가 산만한 듯하여 고요함을 갖춘다. 개는 계속 짖는다. 이럴 때는 산책을 가자는 것이다. 집 공기가 혼탁하고 지루해서 도저히 숨을 쉴 수가 없다는 것이다. 환기가 절박하다는 것이고 그것은 단순히 바깥공기를 들이마시자는 게 아닐 것이다. 마침 같은 생각을 했다. 산책을 나간다. 개는 어쩌면 주위가 온통 잡념으로 득실거릴 때 컹컹 짖는 게 아닐까 생각하게 된다. 개는 보이지 않은 것을 본다. 개의 눈이 부럽다.

개는 여러 모양으로 잔다. 대부분 공처럼 둥글게 몸을 말아서 잔다. 그럴 때 개는 춥고 지쳤다는 것이다. 따뜻한 심장의 보금자리를 필요로 하는 것이다. 개가 몸을 말 때 나는 담요를 덮어준다. 개는 지금까지 담요를 거부한 적이 없었다. 둥글게 몸을 말아서 잘 때 개는 작아지면서 따뜻해진다. 웅크린 태아처럼. 둥근 보름달처럼.

때로는 배를 까뒤집고 잔다. 귀를 여우처럼 열고 팔과 다리는 한껏 태평스럽다. 그럴 때는 건들지 말라는 신호다. 그것은 아주 다른 정서다. 세상 편안하고 솔직한 잠에 빠졌다는 것이다. 개의 배에는 성기를 비롯한 민감한 부분이 응집되어 있다. 물론 '코'라는 비밀스러운 심부가 있지만 말이다. 개가 몸을 뒤집으면 나는 비로소 사위가 안전하다는 믿음의 자세가 저것이로구나 생각한다. 누구도 신경 쓰지 않겠다는 굳은 의지다. 개로 태어난 생명체가 누릴 수 있는 몇 안 되는 권리다. 개가 배를 까뒤집고 잘 때, 나는 구태여 아는 척을 하지 않는다. 멀찍이서 그 모습을 바라보고 돌아서곤 한다. 개도 꿈을 꿀까. 꿈을 꾸기 위한 조건이 있다면 혹 그 모습일 것이다.

개는 절대로 깊게 잠들지 않는다. 동물이라는 존재가 가진 생존 본능과 부지런함이 그 이유일 테다. 개의 입장에서 다른 이유가 있다면, 그것은 나로서는 결코 설명할 수 없다. 여하간 개는 털끝만큼도 잠에 비중을 두지 않는다. 그러나 사람처럼 길게 하품을 하는 것으로 보아 개도 노곤한 기운을 느끼기는 한다는 것인데, 개는 잠에 빠진 시간과 관계없이 단박에 깨어난다. 그럴 때 개는 흑구슬 같은 동공을 반짝이며 양옆으로 새빨간 실핏줄이 전깃줄처럼 감긴 눈을 뜬다. 꿈속에서 막 맛난 걸 먹으려는 찰나에 누가 툭 쳐서 깨어난 사람처럼 못마땅한 표정이다. 그러나 어떤 이유에선가 개는 잠을 이어가지 않는다. 사람보다 낫다.

나는 그 눈을 얼마 동안 가만히 바라본다. 개의 눈을 빤히 응시하노라면 우주에 가 있는 것 같다. 개의 눈은 사람

눈만큼 신기롭고 정교하다. 그러나 사람 눈보다는 부담스럽지 않아서 오래 바라볼 수 있다.

개는 내 시선이 부담스러운지 종종 눈을 피한다. 개의 눈에는 선입견이 없다. 그래서 나를 아주 순수하게 받아들인다. 개의 눈앞에서, 그토록 신령한 하얀 생명 앞에서, 나는 깨끗해지고 부끄러워지고 발가벗겨진다. 개의 눈빛에서, 나의 잡념이나 행태는 아주 하찮아지고 느릿느릿 쪼그라든다. 개는 내 뒤숭숭한 머리통을 정화시키고, 세상을 다시 새롭게 살아가게끔 독려한다.
개가 말했다.

"뭔 생각이 그렇게 많아?"
"그러게."

나는 개에게 부끄럽지 않을 삶을 살 수 있을까. 자신이 없어 나는 개의 눈을 바라본다. 개는 개의 언어로 나를 채찍질하고, 나는 인간의 언어로 개와 다름을 입증해내려 하지만, 개는 말한다.

"이렇게 살아도 돼. 이렇게 사는 방법도 있어. 아주 간단해. 그냥 사랑하면 돼. 모든 걸."

개와 있으면 내가 가진 윤리나 관념들이 하찮아진다. 나는 이 맑게 빈 느낌을 사랑할 준비라고 부르기로 했다. 때로는 생각이 많은 것만큼 위험한 일도 없다. 개야, 제발 오래 살아줘. 내 나직한 말에 개는 이럴 시간에 간식이나 달라고 낑낑댄다. 오늘도 하얀 개와 함께였다.

엘리베이터 안에서

모든 순간은 무수한 떨림을 지니고 있었다.

대뜸 엘리베이터가 멈췄다. 나를 포함한 네 명이 타고 있었다. 얼추 팔순은 되어 보이는 할머니, 이십 대 후반 여자, 중년 남자였다. 할머니는 춥지도 않은지 얇은 패딩을 입고 있었다. 옅은 분홍색 패딩이었다. 패딩의 재봉 간격이 너무 촘촘해서 돌돌 말면 연분홍 장미가 될 것 같았다. 뭐든 결을 겹겹이 가진 것들은 둥글어질수록 꽃을 닮아가는 걸까 생각했다.

작은 키에 털모자를 쓴 할머니는 자신을 무엇인가로부터 보호하고 있는 듯했다. 찬바람이나 먼지, 의식과 멀어지는 사이 자신을 할퀴어놓는 그런 것들일 테다. 할머니는 오른쪽 벽면에 기대 있었다. 세상에는 세월의 하중을 건딘 여성의 모습을 통해서만 전달되는 것들이 있다. 그것은 애처롭고 경이롭다.

　이십 대 후반으로 추정되는 여자는 조급해 보였다. 키가 크고 목이 길었다. 목폴라를 입었는데 목 절반 이상이 보였다. 이목구비가 날렵했고 머리가 적당히 길었다. 짙은 갈색 코트를 입고 허리춤에 코트 끈을 묶었다. 무척 바쁘게 사는, 쉴 틈 없이 일만 하는 옹골찬 사람 같았다. 짙은 향수 냄새를 풍겼는데, 그보다 먼저 옷에 밴 냉기가 훅 끼쳐 왔다. 젊은 여자는 엘리베이터가 멈춘 몇 초 동안 휴대폰을 두 번이나 살폈다.

　중년 남자는 중소기업에서 나눠주는 것 같은 남색 점퍼를 입고 있었다. 키가 적당히 크고 배가 나와 있었다. 유독 불룩한 배가 갑갑했는지 점퍼를 올리지 않고 있었다. 양쪽 팔에 검정 비닐봉지를 들고 있었다. 중년 남자는 색채가 없었다. 악의라고는 찾아볼 수 없는, 그러나 침묵 속에 무언가 단단한 의식을 가진 사람 같았다.
　나는 그 남자를 유심히 관찰했다. 남자가 올라오자마자 엘리베이터가 멈췄기 때문이다. 이해할 수 없었다. 엘리베이터가 아무리 낙후되었어도 충분히 사람을 올릴 수 있는 무게였다. 하중을 초과한 엘리베이터가 '만원'이라는 추방 신호를 켰다. 공간은 순식간에 삭막한 진동을 일으켰다. 사람들의 눈이 모두 한 사람으로 쏘아졌다. 침묵 속에 곁눈질 소리가 들렸다. 남자는 내리지 않았다. 조급한 여자, 통달한 할머니, 색채 없는 아저씨, 그들 사이에 분명한 긴장감이 흘렀다. 서로의 감정선이 엘리베이터를 진동시키는 것 같았다. 나는 발가락을 연신 꼼지락거렸다.

나는 그것을 바라보다가 몇 초 후에 엘리베이터로부터 탈출했다. 그분들은 각자의 층으로 올라갔다. 나는 아저씨가 내릴 때까지 기다려야 했을까 생각했다. 누군가 "아저씨!"하고 불러주기를 기다렸다가 그가 자신의 과실을 인정하고 머리를 긁적이며 내리는 모습을 봐야 했을까. 그러나 세상은 아마도 분명한 곤혹을 불러온 사람이 악의가 없을 때, 또는 그것을 의식하지 못했거나 모르쇠로 일관할 때, 곤혹의 그 무게는 그 어떤 공간에서 균등히 배분되는 것일 테다. 나는 배분된 경직이 버거웠다. 그것을 참지 못하고 쏜살같이 내려버렸다. 천천히 올라가는 엘리베이터를 물끄러미 올려다보았다. 그곳에는 평화가 찾아왔을까. 알 수 없었다. 나는 불유쾌한 평화를 만드는 사람으로 살고 있었다. 공적인 평화는 개인의 회피로 완성된다. 나는 늘 떠나가는 사람이었다.

이후에 어떤 체념이 관자놀이를 쑤셔 왔다. 나의 예민함과 회피성이 어떤 상황에 평화를 불러온다면 그것으로 족하지만, 그것으로 하여금 내가 평온할까를 생각하면 중심이 묘연했다. 모든 순간은 무수한 떨림을 지니고 있었다. 떨림은 한도가 없었다. 다가올 날들로부터 나를 지키기란 여전히 어렵다. 자처하고 망실될 나는 늘 그렇게 존재했다.

받아들이는 삶

나를 기꺼이 양보하고 버리지 않으면 '받아들임'은 고상한 허상에
지나지 않으며, 끝내 무엇도 받아들일 수 없음을.

관리실 안내 방송 소리는 거북하게 큰 것 같다. 생각해
보니 큰 소리들이 죄다 별로다. 오토바이가 인도로 비집
고 들어오는 소리. 낮은 차 엔진 소리. 개 짖는 소리. 방 문
을 쾅 닫는 소리. 흰소리를 떠들어대는 사람들의 목청 갈
라지는 소리. 사랑을 갈망하는 사람의 애끊는 목소리. 비
명 소리. 소리의 목록은 길다. 하지만 그것도 다 세상살
이의 소리인지라 내가 취하는 태도는 주로 피하거나 받
아들이는 것이다. 받아들이는 과정은 늘 쉽지 않다. '받아
들이는 삶'을 나는 생각한다. 이것은 비단 '소리'에 국한되
는 게 아니다.

'받아들이다'라는 단어를 검색해 보고 줄곧 어안이 벙벙했다.

받아들이다: 다른 문화, 문물을 받아서 자기 것으로 되게 하다.

이 대목 앞에서 돌연 얼어붙었다.

'내 것으로 되게 함'이란 문장은 의미심장했다.

돌아보면 나는 진정으로 무언가를 이해하고, 포용하고, 본질을 들여다보고, 감정을 흐느끼고, 빈곤에 귀를 기울이는 삶이 정말로 무엇인지 알 수 없었다. 나는 '스며드는 것'과 '내 것이 되게 함'의 차이가 무엇인지 오래 생각했다. 문득 잘못 살고 있다는 느낌을 참을 수 없었다.

나는 지금까지 무엇도 진심으로 받아들여 본 적이 없고, 어벌쩡 끄덕이며 단념하기만 잘했던 추한 이기심을 부렸던 건 아닐까. 의문은 스멀스멀 기어올랐고 확신은 굳어졌다. 나는 건조한 사람이지만 이것은 전혀 내가 바라는 바가 아니다.

나는 받아들인다는 개념을 정정했다. 받아들인다는 마음은, 단순히 낯선 것에 느릿느릿 물들어 가는 시간을 허무하게 기다리는 태도가 아니라, 그것에 한 번 더 나를 투영시켜 보는 것임을. 그리하여 언제나 나로 꽉 차 있는 내면을 차츰 걷어내고, 씨앗 한 줌 심을 공간을 일구어 가는 것임을. 무언가를 받아들이기 위해서는, 내가 본래 안다고 믿었던 것을 소멸시킴으로써 온전해진다는 것을.

받아들이지 못하는 마음은, 다만 정돈되지 못한 혼란에서 오는 것이고, 혼란은 욕심에서 기원한다는 것을. 내가 불편한 것이 누군가의 삶에는 없어선 안 되는 조건이고, 참을 수 없이 벅찬 존재들이 필경 나와 가까이 있고, 그것들도 언제든 내 삶의 일부가 될 수 있다는 것을. 나를 기꺼이 양보하고 버리지 않으면 '받아들임'은 고상한 허상에 지나지 않으며, 끝내 무엇도 받아들일 수 없음을.

하루가 멀다 하고 내 삶에서는 '앎'이라고 자부했던 것들이 서서히 쪼그라들어서 가난해지고 있다. 나는 묘하고 신령한 이 쾌감을 자못 숨길 수 없다.

기지개

내 나날을 살아가는 건 다른 무엇도 아닌 뚜렷한 나의 '몸'임을
다시금 상기했다.

갑자기 왼쪽 날개뼈가 무거웠다. 나는 방바닥에 자빠졌
다. 밤새 뒤척였던 감각이 어렴풋했다. 눈을 뜨자마자 나
는 오늘이 통째로 틀려먹었음을 알았다.

하루가 어떤 사태로 시작되는 날이 있다. 개 짖는 소리
에 못 참고 일어나거나, 햇빛이 가는 바늘처럼 들이쳐와
눈을 찔려 깨거나, 몸 어딘가 살짝 고장 났거나, 얼굴에 무
언가 울긋불긋하거나. 그런 날에는 별수 없이 체념으로 하
루를 시작한다.

나는 팔을 모아 하늘로 추켜올렸다. 몸은 반죽처럼 늘
어났고, 고통은 빠르게 등 전체로 퍼져나갔다. 등은 뜨거

운 쇠를 올려놓은 것처럼 뻑뻑하면서도 찬물을 서서히 끼얹는 것처럼 싸늘했다. 근육들이 제자리를 찾으며 돌아다니고 있었다. 고통은 쉬이 가시지 않았다.

몸이 늘어날 때, 축적된 날들의 노동과 피로는 한꺼번에 풀어진다. 몸은 조심스럽게 연약하고 새로워진다.

나는 숨 쉬는 법부터 차근차근해 나갔다. 있는 힘을 다해 양팔을 올렸다. 간간이 몸 한 구석에서 우두둑 거리는 소리가 났다. 뜻 모를 눈물이 후드득 떨어졌다. 이 눈물은 정신의 눈물이 아니라, 몸의 눈물이다. 얼굴이 창백하다가 온순해졌다. 나는 내 몸의 사태가 비단 오늘 일 때문이 아니라, 오랜 시간 켜켜이 축적된 것임을 금세 알 수 있었다.

나는 상시 자세가 좋지 못하다. 학생 때부터도 그랬다. 신경을 써서 고쳐보려고 하는데도 잘되지 않았다. 분명 허리를 꼿꼿이 펴고 있다고 생각했는데 남들은 내가 굽어있다고 말할 때가 왕왕 있었고, 그때마다 억울해서 팔짝 뛸 노릇이었다. 자리에 앉아 허리를 꼿꼿이 펴는 시간은 괴롭다. 그러나 이제는 정말 객관적으로 내가 조금 많이 굽어있음을 실감했다. 아, 자세를 바르게 해야겠다……. 물론 이 다짐은 십 분도 채 가지 못하는 경우가 태반이다. 적잖이 미래가 두렵다.

아침에는 자주 죽음을 생각했다. 나는 언제 죽을지 모르기에 늘 당장 죽어도 아깝지 않은 삶을 살리라고 다짐하는 것이다. 삶은 망연하고, 일은 벅차고, 사람들은 높아져 가는데, 건강까지 신경 쓰면서는 좀체 아무것도 할 수 없을 것 같았다. 그렇게 나는 알게 모르게 몸을 좀먹으며 살았고, 몸의 신호에 안일했다. 그런데 만일 어느 날 내 몸이 제 기능을 못 하게 된다면, 그럼 그게 다 무슨 소용인가 싶었다. 시름시름 하다가 별안간 뚝 부러지기라도 한다면 나는 누울 곳을 완벽히 잃어버릴 듯했다.

나는 그날 아침, 내 나날을 살아가는 건 다른 무엇도 아닌 뚜렷한 나의 '몸'임을 다시금 상기했다. 그리고 건강이란 추상적인 관념이나 개념이 아니라. 명백한 나의 몸이고, 나의 무기이고, 끝까지 독립할 수 없는 집이며, 동시에 새로운 세상으로 나를 이끌어주는 동반자임을. 그와 잘 지내야 하는 게 다른 무엇보다 가장 기본적인 조건임을 자각했다. 몸을 경멸하는 나는 끝내 몰락할 것이다. 나는 참으로 오래도록 나를 무시하며 살았던 모양이다. 그러지 않기로 했다. 몸의 신호를 방임하고 완벽을 추구하려는 허영은 얼마나 미련한 짓인가.

이따금 머릿속이 복잡할수록 본질로 돌아가려 애를 써 본다. 정신을 무엇보다 빠르게 정돈할 수 있었던 것은 물건이나 음식이나 때론 사람도 아니었고, 다름 아닌 나의 몸일 것이다. 몸은 곧 길이다.

힘을 빼고 팔과 다리를 휘적인다. 고요하게, 평온하게. 문득 길게 앓지 않고 몇 개의 다행을 발견한 것 같았다. 일순간 포근한 기분이 든다.

겨울밤

때로는 마음의 심연에 호롱불 같은 허무 '한 점'이
나에게는 그날 잃어버린 빛깔이 되기도 했다.

　　알 수 없는 날이었다. 쓸 수도 없고 말할 수도 없는 날.
도무지 설명할 수도 없고 정돈할 수도 없는 날. 뭔지 모
를 추악한 생물이 막 부화하여 바깥공기를 갈망하고 있는
것일지도 모른다. 온갖 더운 기운이 역류했다. 이런 날에
는 면역력이 대번에 바닥을 찍는 기분이다. 침묵은 길고,
병약하고, 음험하다. 젊음은 조금 늙어져서 함께 있었다.

　　어제까지만 해도 그럭저럭 써지던 글이 교통사고라도
난 듯 처참히 멈추었다. 이따금씩 나는 이런 시간을 보낸
다. 이 시간은 보통 며칠을 간다. 분명 어제와 다를 바 없
이 규칙적인 생활을 했지만, 글은 규칙적인 생활과 관계

가 밀접하면서도 과연 하나도 없는 모양이다. 인간은 자기 합리화를 못 하면 죽어야 하는 존재이기에 나 역시 탓할 거리를 찾아냈다.

이것은 다 추워져 버린 탓이다, 패딩으로 몸이 무거워진 탓이다, 어깨를 잔뜩 움츠리고 걸어서 승모근이 쑤신 탓이다, 스트레칭이 소홀했던 탓이다, 요즘 사람을 만나지 않은 탓이다, 만남은 둘째치고 누구와도 연락을 안 했던 탓이다, 읽기를 게을리한 탓이다, 기대 수준이 높아진 탓이다……. 핑곗거리를 우습게 늘어놓는다고 해서 하루가 달라지지는 않는다. 계속 우습다.

이런 날 유일한 안식은 하늘을 올려다보는 것이다. 진종일 노트북을 들여다보다가 흘긋 눈을 돌렸더니 오후가 흔적도 없이 사라져 있었다. 돌연히 저녁이었고 낙조는 없었다. 이맘때 하늘은 원체 다채롭지 못하다. 겨울의 하늘은 영화에서 고작 '몇 년 후'라는 자막으로 싱겁게 뒤바뀌는 것처럼 허무하고 냉담하다. 겨울의 하늘은 과정을 최소화로 하고 결말을 지루하고 길게 늘어트린다. 결말은 형형히 검다. 겨울에 나는 자주 지쳤고 몸 한구석이 계속 불편했다. 담배를 피우는 내내 하늘을 빤히 바라보다가 무심히 돌아선다. 모든 것은 다급히 소멸을 준비했다. 소멸은 곧 순환이라고 일컫는 생의 이치이자 지속의 증명이다. 나는 겨울 하늘의 다채로움을 기대하지 않는다.

겨울에 입성하기 전에는 더욱 단조롭고 재미없게 살 것을 다짐했다. 미리 다짐해두면 그럭저럭 버틸만했다. 어떻게든 따뜻하기 위해 안간힘을 쓰지 않으면 금세 얼어붙기에 십상이다. 그게 몸이든 마음이든 냉기는 전이가 빠른 법이다. 이 도시에서 나는 사람의 온기 없이 따뜻해져야 하고, 그 방법을 한사코 익혀야 했으니, 가을의 끝자락에서 미리 겨울보다 조금 더 차가운 사람이 되어야 했다. 그러면 따뜻했다. 아니 덜 추웠다. 나목에 얹어진 새집은 겨울의 심장처럼 보였다.

밤이다. 배터리 100%였던 노트북이 어느새 5%가 됐다. 노트북 상단에는 빨간불이 켜졌다. 그날은 일찌감치 쓰는 것을 포기하고 온종일 퇴고를 했다. 그마저도 마음에 들지 않는다. 아마 분명 지워버릴 것이다. 지우는 것은 전혀 아쉽지 않다. 한때는 글이 꼭 내 자식 같아서, 한 줄 지우기가 그리 속이 답답하고 아까웠는데 지금은 곧잘 지운다. 글을 지울 때 나는 희열한다. 조금씩 덜어내고 지우는 문장이 늘어날수록 나는 외려 채워지는 느낌이다.

다 쓰면 소리 내 여러 번 읽어야 한다. 앞에 사람을 세

위두고 말하는 것처럼 한다. 글과 '호흡'은 절대적인 관계이기에 꼭 해야 하는 작업이다. 하루는 카페에서 어쩌다 크게 소리를 내어 옆자리에 앉은 아주머니가 미친놈 보듯이 쳐다봤다. 아마 이어폰을 끼고 혼자만의 세상에 갇혀서 노래 부르는 사람을 직관하는 것과 같았을 거다. 조금 멋쩍긴 했지만 좋은 글을 쓸 수만 있다면 미친놈이 되어도 상관없다. 하고자 하는 것이 명확하면 타인의 시선 따위는 별것 없어진다. 여기에는 제법 오묘한 희열이 있다. 나는 어디서나 중얼중얼 댄다. 때문에 마른침을 여러 번 삼킨다. 전반적으로 내 삶은 굽이굽이 건조해져 있다. 이 또한 내겐 크게 중요한 일이 아니다.

종일 텍스트 자체에 질려버려서 나는 노트북을 덮고도 책을 읽지 못한다. 멍하니 늘어진다. 적는 것과 보는 것의 기운은 연결되어 있는 듯하다. 이것은 억울한 일이다. 이때 많은 것들이 나에게 비집고 들어와 오래 잠식한다. 허무는 주로 내 몸이 지쳐있을 때 더 왕성하다. 내 관능은 분리되어 저 먼 바깥으로 아득해지고, 나는 허무의 미끄럼틀을 따라 고꾸라진다. 가까이 존재하는 것들의 슬픈 질감이 나를 얇게 막고 있는 장막을 거침없이 뚫고 들어온다. 핵심부에 추악한 피로가 박힌다. 그러나 때로는 마음의 심연에 호롱불 같은 허무 '한 점'이 나에게는 그날 잃어버린 빛깔이 되기도 했다. 그것은 달처럼 부풀어 올라 나의 잔상을 비춘다. 그곳에는 '아직 끝나지 않았다.'라고, 환영 같은 문장이 드리운다. 나는 '오기로 버티면서도 희망을 버린 마음'을 한가득 안고 들어왔다. 집은 안온했다. 돌아올 곳이 있음에 나는 그저 감사했다.

온종일 두 마디 이상 뱉지 않았더니 입가에 거미줄이 쳐졌다. 밤에는 밤을 맞는 것이 좋겠다. 거울 밤하늘은 고요하게 잠잔다.

나는 쓰러 간다

관념이나 희망은 내 몸에 있다.

나는 알고 있다. 이 가난한 과도기는 다시 찾아온다. 고통은 수반되어 영원히 반복될 것이다. 잊을만하면 방문을 두드릴 것이고, 침대 위로 폭신하게 덮인 이불을 홱 걷어가 나를 누운 채로 떨게 할 것이다. 방황이 물결칠 것이고 시간은 매정할 것이다. 그것들이 나를 발가벗길 것이다.

당장의 괴로움이나 초라함을 치환시키는 지혜는 어쩌면 없다. 나는 그럴 수 있다고 말하는 사람을 믿지 않는다. 단언이나 정의는 시시하다. 그저 고통을 고스란히 받아들여서 당장의 삶을 사는 것뿐이다. 그 안에 악의는 없다. 다만 고통의 강도를 약하게 하는 방법이 있다면 그것은 더더욱 고통을 자행하는 일이라고 나는 생각했다.

　관념이나 희망은 내 몸에 있다. 나는 쓰러 간다.

( )

고통의 정면으로

허무에 미어져도

나는 적극적으로 내가 된다.

이유가 궁금했고 이해를 물들였던 날들도 많이 지나갔다. 여백 앞에서는 건조한 침묵을 했다. 침묵은 참신하지 않았다. 전엔 모든 일에 이유를 알고 싶어 전전긍긍했고, 이해를 위해 체념을 지어먹었다. 공란을 남겨두는 삶은 용납이 안 됐다. 왜 나는 사소한 것에 걸려 넘어지는지. 왜 매일 슬프고 적막한 건지. 왜 사람들은 끊임없이 자신을 해치는지. 왜 몰락은 빠르고 회복은 더딘지. 왜 나는 사람을 사랑하지 못하는지. 사랑하는 내가 어색한지. 어쩌다 나는 쓰는 자아를 선택했는지. 쓰지 않고도 삶을 살 수 있는지. 그리고 사람들. 어렵고 가벼운 사람들. 들뜬 무리들. 힘없는 미소들. 여리고 쓰린 마음들. 살아가는 일들.

인내와 결실. 슬픔과 소망. 허무와 권태. 질문들. 끝내 답이 없는 문장들. 덧없이 허공에 매달린 고독들. 새벽의 혼란들. 호롱불 같은. 달 속으로 기울어 들어가는 창백한 구름들. 그것들은 지금 다 어디에 있는지.

나는 무엇도 깨닫지 못했고 이해하지도 못했다. 다만 지나가고 지나칠 뿐이었다. 무엇도 전보다 더 나은 게 없었다. 나는 그저 내 일부를 보았던 것이다. 뒤틀려 떨어진 조각을 밟은 것이다. 영원히 두렵고 불안한 것이 그 질문들의 존재 이유일지도 모른다. 나는 적극적으로 내가 된다. 그 사실이 지겹고 싫증이 날 때가 있다. 영혼이 있다면 그들은 하품을 하는 중이다. 무언가를 열망하느라고, 기다리느라고. 만나려고, 찾으려고. 이제는 그 목마름을 고요하게 바라본다. 그 끝에는 허무가 없을까. 허무에 미어져도 살아야 하는 게 삶이다. 나는 연거푸 나를 경멸하고 보듬었다. 그러면 또 얼마간, 아무리 그립더라도, 전으로 돌아가지 않음을 실천할 수 있었다.

고요한 슬픔

다정한 것들이 드문 다녀간 자리에는 무늬가 있었다.

가로등이 드문 저녁거리는 적요하고 어두웠다. 길섶에 심어진 나목은 사람의 뼈마디 같았다. 저것에서 어떻게 초록 잎이 자라날까 상상하면 무서워졌다. 나무에도 심혈이 있다면 무엇으로 양분을 얻을까. 따끔한 빛과 한 방울의 물이 그것일진대, 우연을 기다리며 수명을 연명하는 처지가 무릇 사람과 다른 게 무엇일까. 텅 빈 하늘은 절망을 쏟아내기에 바빠 보였다.

어떤 마음은 흘러가게 해야 한다. 고여 버리면 그저 무력한 슬픔의 존재를 자각하게 될 뿐이라고, 발밑으로 진 그늘은 독촉하고 있었다. 슬픔을 모아다가 어디에 쓰려고 자꾸 주워 오는지. 이런 일에 조금씩 법석을 떠는 것이 나의 병이다. 어쩌면 도처에 슬픔을 그러모아 잎을 움트는 것일지도 모른다.

　나의 양분은 손끝으로 간다. 하지만 글자는 말이 없다. 글자가 전부가 되어 버린 삶은 어눌하고 쓸쓸한 법이다. 나는 글을 씀으로 존재하는 듯했는데, 글은 자꾸만 나를 글에서 멀어지라 했다. 시체처럼 미동도 없는 글에서 나는 흐트러졌다. 덧없는 것들은 행동으로 옮겨지지 않은 모든 것이라고, 이내 냉정한 비수를 꽂았다. 늘 그렇게 외롭고 새롭다.

　진회색 하늘에 구름은 없었고 그러나 다정한 것들이 드문 다녀간 자리에는 무늬가 있었다. 사라지지 않으려면 그 자리에 가만히 머물러야 한다는 것을, 고꾸라지기 직전에 홀연히 알아차렸다. 맑게 갠 날에는 어제의 잘못을 써 내려야지. 그토록 비웃던 현실에 발을 딛고서, 서로의 가슴팍에 씨앗 하나를 묻어야지. 꾸역꾸역 버텨서 서로의 상실을 나누는 순간을 사랑해야지.

　슬픔은 곧 약속 같은 떨림이 되어있다. 무엇인가 자꾸만 요동치고 있었다.

통증

진심을 담느라고 미간에 주름이 지어진다.

　언젠가 마음이 괴롭다고 확신한 날에 나는 방바닥에 누워 가만히 통증을 느껴보았다. 아픈 건 마음인데 실제로 가슴 부분이 분명히 아팠다. 아릿한 기운이 사방으로 뻗어나가고 있었다. 혈관을 따라, 근육을 따라, 내 몸의 모든 줄기를 따라. 끈적하고 물컹한 무언가가 구석구석을 훑고 있었다. 냄새도 났다. 이끼 냄새, 소금기, 비릿함. 어디까지지. 어디까지가 이 무한한 생산의 끝인지 알 수 없었다. 별안간 바닥에 붙은 내 모습이 괴기했는지 개가 다가와 손을 핥는다. 밤과 같은 개의 눈이 나를 향해 있다는 느낌이 들었다. 깨달음을 얻고 싶었지만, 글쎄. 너무나 강력한 통증은 동시에 마취와 같은 역할을 해서 혼란이

나 그지없었다. 구석구석이 시리면서 동시에 잊히는, 비겁하고 정다운 상황이었다. 통증이 생각을 이길 때 나는 산책을 나섰다. 산책이라고 위장한 방황을 나섰다. 걸어야 할 이유도 없이 걷고 있었다. 끊임없이 나를 맑게 하려는 싸움을 연잇고. 생각이 싫증을 내거나 마음이 항복 선언을 할 때까지. 진심을 담느라고 미간에 주름이 지어진다. 온 마음을 다했더니 일찍 늙는구나 싶었다. 이 슬픔이 너무 거창하다.

.

건조기에서 방금 꺼낸 수건

나를 미치지 않고 살게 하는 유일한 지주는 항시 작은 것들의 온기였다.

내면의 경사는 홀연히 깎여나간다. 아무에게도 말하지 않아야 내가 나 자신에게 마지막이라 말할 수 있을 것 같은 결심. 세상에는 그런 것들이 아직 있다. 인내라는 소리 없는 전쟁을 벌이는데, 건조기에서 방금 꺼낸 수건이 무엇인가를 말하는 것 같다고 느껴질 때가 있다. 꿈을 꾸고 있다면 지금 깨어나야 하는 순간이라 생각이 들 때쯤 나는 살아온 날들을 신기하게 세어 보았다. 자칫 자기 연민에 빠지는 것은 아닐까. 실수는 덜컥 나타나기 마련이지만 지각의 부재는 미성숙한 표류에 불과할 거라고 곱씹었다. 차라리 망각이라는 진통제가 필요할지 모른다. 세상에 온갖 다정한 것들은 저 홀로 근엄히 팔짱을 끼고 있다.

지금 여기를 놓친 채 그때 거기를 상상한들, 그게 다 무슨 소용이겠냐고 나는 말했다. 하지만 지금 여기에 내가 없어야 응당한 시절이 누구에게나 그늘처럼 드리우기 마련이다. 다만 작고 조용한 날들을 지켜야지. 무채색의 귀함을 헤아려야지. 삶의 하찮음을 경건하게 대하는 태도를 되찾아야지. 나를 미치지 않고 살게 하는 유일한 지주는 항시 작은 것들의 온기였다. 적당히 따뜻한 수건을 무릎에 켜켜이 포개는, 짧고 찬란한 발열의 순간. 온기는 흔적도 없이 어떤 무늬를 수놓았고, 나는 '안전하다.'라고 천천히 뇌어 보았다. 감은 눈을 뜰 수 없을 만큼 두려울 때는, 기를 쓰고 아름다운 영혼이 되려 할 것. 한시바삐 감정을 교살하고 다시금 소중한 것들을 유념한다. 세상에는 아직 그런 것들이 고맙게도 있다. 나는 누군가의 기대에 부응하기 위해 이 삶을 살지 않을 것이다.

고립된 나날

행복은 늘 내가 찾아 나서야 했지만
불행은 슬쩍 벌어진 일상의 작은 틈으로 그 얼굴을 들이밀었다.

까닭 없이 모든 말에 서럽거나 다가올 많은 날이 불안하게 느껴질 때가 있다. 오감이 턱 막히는 기분. 아무런 접촉이나 소통도 없었는데 난데없이 주위 사람 모두가 싫어지기도 했다. 중력 없이 콱 박혀버리는 앙금, 뽑아낼 새도 없이 깊숙한, 건드릴수록 더 매섭게 박히는 설움, 그리고 불가해한 빈곤. 나는 그런 가끔을 보낸다.

'가끔'의 근원은 오래도록 묘연하고, 그것은 은은히 음흉하다. 은근함은 하릴없는 것이어서 예상하거나 되돌릴 수 없고, 그 뒤를 잇는 음흉함은 불가피하다. 다만 속절없이 고립될 뿐이다.

행복은 늘 내가 찾아 나서야 했지만 불행은 슬쩍 벌어진 일상의 작은 틈으로 그 얼굴을 들이밀었다. 불행이 비집고 들어오면 터진 살처럼 흉터가 베인다. 감정의 엉뚱한 연유, 우연한 시발점은 다만 나의 내면에서 생성된 것이다. 내면의 고장은 외면의 접촉으로 위로받지 못한다. 나는 연거푸 고장을 일으켰다.

무엇이든 작은 일을 시작하면 남김없이 날아가 버릴지도 모른다는 기대를 품었지만 글쎄다. 하루는 쫓기듯 서두르기에 급했다. 지는 해는 나를 비웃듯 찌그러져 있다. 무언가를 하려고 할수록 조금씩 허름해지는 기분을 나는 피할 수 없었다. 그런 밤에는 기절과 같은 잠을 잔다.

그런 '가끔'이 걷잡을 수 없이 부풀어 오르는 '나날'에는 하릴없이 외부로 나가고 싶어진다. 괜스레 더 많은 사람들에게 나를 비추어 볼까 하는 마음에, '나는 이렇게 살아요!' 부질없이 아무 사진이나 찍어 올렸다. 때론 심정과 가장 잘 어울리는 노래를 올리기도 했다. 인스타그램에는 온갖 마음이 한 컷으로 발랄하거나 죽어가고 있었다.

사진 뒤에 가려진 내 마음을 아는 사람은 적을 것이다. 알아주기를 바란 것도 아니다. 단지 내 자리에서 잘 지내는 모습이라도 내보이는 마음. 그것들을 나중에 꺼내 볼 때 나는 썩 볼만한 블랙코미디가 되어있음이 어렴풋했다.

묵은 앙금은 고여서 썩은 웅덩이처럼 가망이 희박한 것이지만, 시간은 우연한 뒤틀림을 일으켜 다른 것을 희석해 차츰 묽어지게 될 것임을 믿었다. 감정에서 벗어나려는 허영을 버리고, 어떻게든 덜어내며 계속 간다는 지혜에 비중을 둔다.

나는 얼마쯤 지난 뒤에 할 일을 하기로 했다. 당장의 덧없는 행위가 새삼 안정에 작은 보탬이 될 것이라고. 그렇게 믿기로. 나는 힘을 좀 내고 싶었다.

위로

고독과 찬란이 같다는 것을 나는 알았다.

보고 싶었던 사람을 만나러 가는 길 풍경은 새삼스레 활짝 피어있다. 자주 거닐던 거리가 문득 새롭다. 눈이 온다거나, 안개가 내려앉았거나, 구슬비가 촉촉하게 내린다거나 하듯 아무런 낭만도 묻어있지 않은데. 길은 꼭 향을 품고 있다는 듯이 피어올랐고, 나는 그러한 길 위에서 몸과 생각을 가지런히 포개 놓는다. 걸음마다 가벼워진다. 어떠한 염려나 걱정이 없는 순순한 꿈결처럼 마음이 온연하다.

신경을 그러모아 가만히 집중한다. 가슴에서 뜨거운 피가 사방으로 뻗어나가고 있었다. 폭소가 터져 나왔다. 놀러 가는 날에는 마음이 이토록 사뿐할 수 있다니. 평소와 다른 괴리감에 나는 매일 이런 마음으로 살 수는 없을까 생각했지만 그럴 수 없음을 알았고, 그것이 가히 불행은 아님을 알았다.

　곰곰이 지난날을 돌아보면 안다. 오늘날 이 여유로운 감각은 그간 긴소매를 입고도 팔을 문지르던 밤처럼 척박하고 지루한 시간을 묵묵히 지나왔기 때문이고, 그것이 퍽 고단했기에 그만큼 더 오늘이 싱그럽다는 것을. 그렇게 생각하니 그간의 지루한 시간은 맥박치며 빛났고, 고독은 다만 적절히 여유로워지는 것이었다. 고독과 찬란이 같다는 것을 나는 알았다. 고독이 차오를 때, 도래할 때, 임박할 때, 드러날 때. 모든 적막이 한껏 찬란이다.

필요한 마음

성실한 의식

깨끗한 안목

유연한 기질

심신의 건강

단념의 용기

노력의 농도

인내의 길이

고통의 체념

심장의 온기

다정한 신뢰

실감의 믿음

순수한 사랑

아이

아랑곳하지 않고 내가 나로 온전한 행위를 믿을 때
삶은 나를 서슴없이 절벽으로 내몰아 가지는 않을 거라고.

나이와 관계없이 누구나 마음속에 어린아이를 품고 산다. 그 아이는 이따금씩 튀어나와 지금 잘하고 있는 거냐고 묻는다. 이 행위를 얼마나 확신하냐고, 얼마나 더 나아갈 수 있냐고, 지금 행복하냐고. 물음은 잠깐씩 쟁쟁거리고, 나는 알 수 없다고 대답한다.

'알 수 없음'이란 답 속에는 원초적인 불안이 산란하고 있었다. 그것은 사유를 거쳐 나온 의미심장한 답변이 아니었다. '알 수 없음'은 저만치 아득했다. 아득함은 가련했다. 내가 우물쭈물하는 사이 아이는 조금씩 거대해진다.

아이는 머리가 아닌 심장과 가까운 어느 곳을 헤집고 다닌다. 심장 근처 어딘가에 평수를 내고, 잦은 진동을 일으켜 나를 숨 가쁘게 한다. 아이는 의식을 비판하고 무의식에 잠식한다. 그 난리를 나는 제어할 수 없다. 전혀 이성적일 수 없을 때마다 이성을 끄집어내야 했다. 그때마다 가난한 파도가 물결쳤다.

한바탕 소란이 가고 다시금 정신을 차렸을 때 많은 것들이 이미 쓸려가고 없었다. 나는 파동이 다시 잠잠해지기를 기다릴 수밖에 없었다. 그것은 무력하고 초조한 기다림이다. 나는 내 무력함까지 포용할 수는 없었다. 무력함을 무력하게 바라볼 뿐이었고, 희망의 섬광은 다만 멀찍이서 실낱 같이 명멸했다. 구름은 달을 숨긴다. 하늘은 부쩍 사나워져 있었다.

이 아이를 어르고 달래는 유일한 방법은 '내가 가치 있다고 생각하는 것'이 세상에서 가장 즐거운 일이라고 알려주는 거였다. 비록 이 즐거움이 언제까지 계속될지는 모르겠지만 일단 지금의 내 삶을 가장 내 것으로 만들어주는 건 이런 것이라고, 그러니 같이 놀자고 설득하는 거였다. 삶은 내내 즐겁자고 사는 게 아닐 테지만 내가 믿는 일을 내가 행할 때, 아랑곳하지 않고 내가 나로 온전한 행위를 믿을 때 삶은 나를 서슴없이 절벽으로 내몰아 가지는 않을 거라고.

그러면 아이는 간혹 나보다도 먼저 그 일에 뛰어 들어가곤 했다. 가감 없이 무언가에 뛰어드는 움직임은 벅찬 전율이었다. 전율은 눈물겨웠다. 나는 다시 의문 없이 차분하였고, 생각은 오래전에 펼쳐놓은 담요처럼 펄럭이다 이내 포근해졌다.

아물어가며

아주 작은 딱쟁이를 긁었는데
쓸데없이 많은 피가 솟구쳐 나왔다.
애써 떼어낸 것 아닌
스르륵 훑어간 미동에 그러했다.

통로의 크기와 상관없이
반드시 빠져나와야 하는 것들이 있었다.

문득 닮아 있는 것들을 생각하면서,
낮과 달리 추운 바람이 자꾸만 서운하다.

아침

나 너머의 나는 역시나 아침을 원하고 있다.

밖으로 나가니 볕이 좋았다. 며칠 저녁과 새벽 사이에 걸쳐져 있다가 만난 아침은 한 뼘 가까이 싱그럽다. 어려서부터 나는 아침을 질색했다. 아침은 밝고 피곤하며 또다시 하루를 살아야 한다는 은근한 절망과 불안의 시작일 뿐이었다. 나는 주로 늦은 오후에 활동하기를 즐겼다. 아침에는 주로 아침을 참았다.

그런데 때로는 아침 일찍 눈이 떠진다. 이 눈은 무의식의 눈이다. 나 너머의 나는 역시나 아침을 원하고 있다. 어둠은 어쨌거나 길게 이어질수록 사람을 지치게 하니까.

근래 무기력과 우울의 과도기를 겪었다. 권태롭다는 단어가 가장 적합하다. 열정은 소멸이 빠르다. 어디서도 깊은 느낌을 찾아볼 수가 없었다. 부쩍 무감각해져 있었고, 교감신경이 퇴화되는 기분이었다. 내면에는 아직 무의미의 축제가 폐막하지 않고 있었다.

나는 조금씩 기대 수준이 높아지고 있음을 실감했다. 썩 좋았고 다소 절망스러웠다. 성에 차는 문장이 줄었고 지우는 문장이 길어졌다. 반면 새로 쓰는 글은 형편없었다. 글자들이 추상적으로 뻗칠 때마다 나는 내가 잘못 살고 있다고 확신했다.

가만히 명멸하고 있는 커서는 문을 닮았다. 문을 응시하노라면 곧잘 시야가 흐릿해졌다. 바깥으로 금세 어둠이 내려앉는다. 문득 침침하고 부옇다. 나는 하얗게 허탈해진다. 하루는 이미 죽음을 맞이한 것이다.

나는 하루 내내 몇 발자국을 내딛다가 다시 돌아오는 듯하다. 이 주책맞은 '망설임'의 기원을 오래 찾아 헤매었다. 아니다. 허영일 것이다. 찾을 수 있을 리가 없다. 이럴 시간에 차라리 잠이나 자버리는 게 좋을 것이다.

나는 그런 나를 받아들이기로 했다. 답이 묘연한 질문

에 깊이 신경을 할애할수록 나는 나를 좀먹는 꼴이었다. 틀려버린 질문을 거두고, 다만 계속하면 되는 것이다. 망설이고 버리는 와중에도 무엇인가 분명히 차오르고 있다. 조금씩 나를 분리시켜 내려놓는 연습을 한다. 기대 수준의 상승을 있는 그대로 축복하되 다만 안일하지 않기로. 멈출 생각이 없으니, 나는 풍파를 연인 삼는다. 그렇게 생각을 절충했고, 거의 행복에 가까운 미소가 잠시 머물다 갔다.

　며칠 멈추었다. 이제 다시 해야겠다. 커다란 상념 없이 어깨 위로 걸친 내 직사각형 가방은 산뜻하다.

병든 행복

나는 삶이, 빈곤이, 가난이,
사람의 영혼까지 집어삼킬 수는 없다고 믿는다.

    어려서부터 어른들이 만들어내는 북적거림을 싫어했다. 소위 '사람 사는, 사람 냄새나는' 그러한 공간이 그토록 거북했다. 초등학생쯤이었을까, 내 주위엔 이상하게도 자연스러운 소란에서 화목한 에너지를 뿜어내는 어른이 거의 없었다. 또렷하게 기억난다. 집 안팎은 대부분 날카로운 소동이었다.

    아마 가난해서 그랬을 것이다. 이제 와 생각해 보면 그렇고, 그때는 물론 이해하지 못했다. 지금 다시 한번 생각해 보면 늘 그렇게 가난하고 소란하지도 않았으리라. 다만 기억이란 꼭 뾰족하고 껄끄러운 장면을 가져와 남기는 성질이 있어서, 내 어린 시절의 장면들은 마치 행복과 근접한 일이 하나도 없는 것처럼 검고 이상했다. 아무리 생각해 봐도 행복했던 기억이 적다. 행복과 불행의 총량을 따지자면 언제나 불행이 한 발 앞섰다. 나는 이 각인이 여전히 참을 수 없이 부끄럽고 미안하다. 엄마의 얼굴을 바라보기 미안할 때마다 나는 엄마가 견뎌온 시간의 근육을 생각했다.

가난한 어른들은 단란한 듯 보이다가도 빈번히 충돌한다. 웃음으로 만나 분쟁으로 헤어진다. 나는 열이 잔뜩 올라 곧 터질 것 같은 얼굴들을 자주 올려다봤다. 어른들은 하나같이 삶에 치여 있었다. 자주 갈등했고 여유를 상실했다. 어떤 '시절'이 사람을 무자비하게 삼켜버린 것이었다.

나는 그 가운데 끼여서 어른들의 언어를 해석하느라 자주 애를 먹었다. '집세가, 이번 달 월세가, 경제가, 정치가, 애들 저녁밥은, 장사가, 먹고사는 게……' 그건 일종의 외국어다. 생에 첫 외국어는 혼란스럽다. 속이 매스껍더니 이윽고 울렁댔다. 많은 사람의 북적거림을 보고 있을 때면 그 자체로도 괜스레 불안했다. 나는 평화를 소원했는데, 평화가 곧 돈이었다는 것을 그때 알았다. 인생 이래 가장 고통스러운 '앎'이었다.

어쩌다 집안에 친척이나 지인들이 모여든 날이면 잽싸게 발을 옮겼다. 저리 태연하다가도 또 싸우겠지. 그게 확실해, 그럼 그렇고말고. 혹 그때부터 사람들이 많은 공간이 깡그리 싫어졌을지도 모른다. 나는 그곳에 있을 수 없었다. 갑갑함을 못 참고 밖으로 나돌았다. 만날 사람이나 돈이 없어도 괜찮았다. 차라리 떠돌이가 되어버리는 게 더 속이 편했다.

사람이 가득 찬 공간에서는 이제 공기마저 뻑뻑했고, 분명한 무언가가 시한폭탄처럼 째깍거리고 있었다. 심장이 부자연스럽게 두근거렸다.

그런 날들이 많아지자 하루는 나 자신이 싫어지기도 했다. 어른들이 저리 갈등하는 것의 일부 영향이 어쩌면 내 존재 때문이 아니었을까. 그런 생각이 든 밤이 있었다. 차라리 태어나지 않았더라면, 멀쩡히 살아서 펄떡거리지 않았더라면, 내 밥그릇이 하나 없었다면, 내 책가방이 하나 없었다면, 태어나자마자 어른일 수 있었다면……. 그때 집안에서 울려 퍼지던 울부짖음이 조금은 덜 했을까. 아무도 그렇게 말하는 사람은 없었지만 아니라고 독려하는 사람도 없었다. 입가에 본드 칠을 한 기분이었다. 어른들은 자주 웃지 않는다. 삶이란 나무판자에 콕 박혀 버둥거리는 듯, 걸음걸이도 어딘가 이상하다. 나는 그것의 숭고함을 자각하기에는 하염없이 어렸던 모양이다.

그것들과 함께 지겨웠던 초, 중 시절. 나는 주로 돌을 차면서 동네를 걸어 다녔다. '이 돌멩이와 사람이 정녕 다른 게 뭘까?' 이런 생각이나 하면서. 꿈쩍 않고, 깎이고, 부딪히고, 차이고, 굴러다니는 게, 어른들의 심장은 돌이 아니었을까 싶었다. 주변에는 한없이 돌과 닮은 사람이 우두커니 서 있었다. 망상은 나를 잠깐 끌어당겨 현실에서 멀어지게 했고, 나는 그 속에서만 온전했다.

그곳에서는 작은 이해의 씨앗이 움트기도 했다. 인간을 '돌'이라고 생각했더니 정말 그들의 형태가 별로 대수롭지 않았고, 대수롭지 않아서 이제 사소한 소란에는 곧잘 무뎌지기 시작했다. 실없이 돌을 차다 보면 지평선에 노을이 뜨곤 했다. 그 노을 아래서 얼마나 간절했는지, 차라리 모두 다 사라져 버렸으면 좋겠다고. 실은 하루아침에 사라졌으면 했다. 내가.

망상은 서서히 확신으로 실뿌리를 내렸다. 바람이 밤낮으로 질서 없이 휘몰아쳤다. 흡사 눈보라 같았다. 나는 그것에 오롯이 습격당하는 것 말고는 달리 피할 방법이 없었다. 내가 만든 생각에서 완벽히 도망친다는 건 불가능한 일이었음을 나는 알았다.

나는 아름다운 모습에 냉소적이고, 괴로운 떨림을 느끼는 것에 재능이 있다. 축축하고 거무죽죽한 이면, 가면 뒤에 숨은 모순 같은 것들. 그건 혹 이때의 영향이다. 그런 내가 지금은 좋지만 한동안은 싫었다. 나는 적당히 발랄하고 싶었다.

나는 존재에 대한 인정이 간절했던 모양이다. 뭘 잘해서가 아니라, 뭘 해내서가 아니라. 그저 곁에 있어 줘서 고맙다는 말. 그 말이 듣고 싶었나 보다. 끝내 그 말을 듣지는 못했지만(아마 들었을 수도 있다), 나는 다른 것을 배웠다.

삶은 때때로 한쪽으로 기운다는 것. 그때 사람은 결코 낙천적일 수 없다는 것. 사람은 삶에 잡아먹히기도 한다는 것. 가난이라는 것은 같은 말도 퉁명스럽게 만든다는 것. 표정 없는 사람이 되는 것. 유일하게 그 얼굴만이 허락되는 것. 웃음에 자격을 메기고 여유의 의미를 부여하는 시절이 언젠가 도래한다는 것. 나는 알았다. 우리는 속박되어 있는 것이다. 그리고 그것은 언제나, 하루아침에 이루어질 수 있었다.

그러나 '부유함'이 가난을 타개하는 유일한 조건인 걸까. 과연 기어이 절대적일까. 나는 조심스레 철없는 생각을 뇌어 보았다. 그것은 내가 젊은 날에 할 수 있는 가장 위대한 결심이었다. 우리는 가난하지만, 끝내 가난으로 몰락하지는 않으리라.

어쩌다 성인이 된 지금에도 나는 삶이, 빈곤이, 가난이, 사람의 영혼까지 집어삼킬 수는 없다고 믿는다. "아직 어려서 세상 물정을 모르네."라고 말한다면, 나는 어느 부분에서 내내 어리고 싶다. 나는 세속적인 현실 논리를 가지되 순수한 낙천을 잃고 싶지 않다. 그렇게라도 전혀 낙천과 정반대에 있는 현실을 스르륵 녹여낼 수 있다면.

우리는 다들 행복해지자고 살아간다. 다급하고 추운 어떤 '시절'에는 과연 행복을 느끼기 힘든 게 사실이지만 현실이 빈약하다는 이유로 그저 마지못해 살아간다면, 행복이 오지도 못하게 내내 나를 닫아 놓는다면, 인생은 그저 쥐덫에 놓인 치즈 같은 것과 다르지 않을까 싶다. 행복 찾다가 절절하게 죽어가는 것뿐이다. 그런 인생에 오는 것은 마침내 없다. 세상을 향해 인상을 쓰면 세상도 내게 인상을 쓴다. 고난 끝에 기어이 느끼는 행복은 병들어 있다. 병든 행복은 이제 집어치우고 싶다. 나는 별일 없이 그냥 산다.

나는 그때의 어른들을 구태여 미워하지는 않는다. 그러나 그들과 같은 삶은 정중히 사양하고 싶다. 그러니까, 부디 나에게 힘을 주어라. 기어이 삶을 저버리지 않으려던, 내 과거의 퉁명스러운 어른들이여.

전혀 괜찮지 않다

나는 다만 나를 믿는 일을 게을리하지 않았을 뿐이었다.

다시, 우울이 내 목을 조른다. 모든 것이 다 짜증 나고 불평스럽다. 산책은 지루했고 음식에서는 고무 씹는 맛이 났다. 눈앞에 놓여있는 모든 게 시들했다. 어떤 행위에서도 흥을 찾아볼 수 없었다. 사실 '흥'은 욕심일 것이다. 인생은 본래 재미없는 것이다. 나는 고작 잠깐의 여유나 안정을 희구했을지 모른다. 이것은 그마저도 상실된 순간이다. 어떤 '사태나 사건'에서 발생된 게 아니라, '일상과 생활'에서 벌어진 틈 사이로 그것은 온다. 나는 아무것도 막을 수 없었다. 겨우 일부로 몸을 움직이거나, 아예 몸을 멈추는 것 정도. 단지 그뿐이다.

괴로움이 지속되면 폭력적인 마음이 번뜩인다. 나는 혼자 술 마시는 행위를 아주 극도로 경계하는데, 혼란이 가중될 때마다 술을 마시고 싶다는 충동을 몇 번 억제했다. '혼술'이라는 사태까지 도달해 버린 나는 거의 반 죽은 상태와 다를 바 없다. 그 꼴은 나를 늙히고 병들게 할 것이다. 나는 최소한으로 나를 제어한다. 밤의 끝자락은 너무 금방 찾아온다. 반쯤 제정신이 아닐 때 시간은 배속된다.

잠은 힘없이 부진한다. 정녕코 잠이 간절한 밤이면 술이 나를 유혹해 왔다. 그러면 조금 죽고 싶었다. 잠들어야 하는 까닭이 줄줄이 오기 때문이다. 잠을 어떻게든 끌어당겨야 했다. 내일 또 살아갈 힘을 충전해야 한다. 하지만 그걸 잠이라고 말할 수 있나. 그건 잠이 아니라 쓰러지는 게 아닌가. 나를 묻어두고 잠깐 눈을 감는 이상한 안위, 겨우 그런 것에 지나지 않을 것이다. 나는 건강하지 못했다.

그래서 밤을 새우는 날이 잦았다. 여름 하늘은 금세 푸르스름해진다. 새벽을 여는 사람들이 하나둘 거리로 나오고 이내 분주해졌다. 그 광경이 나는 거북할 정도로 낯설어서 어수룩하게 커튼을 친다. 별안간 천지가 망설여진다. 스스로를 세상과 어우러지지 못하는 인간이라고 자칭하기라도 한 걸까. 나는 나를 꼭꼭 숨기기에 바빴다.

그렇게 문득 우울은 장마처럼 퍼부어온다. 그때면 다들 약속이라도 하듯 근처에 아무도 없다. 어쩌면 내가, 나 스스로를 차단시켜 버렸을지도 모른다. 분명 주위는 화창했고 가끔 비가 내렸을 거다. 곳곳에는 우산도 많았을 것이고 누군가의 어깨가 있었을 것이다. 하지만 나는 연신 어른인 척하며 홀로 걸었다. 단단해지고 싶었다. 그러나 역설적으로 나는 '숨는 것'으로 더욱 자명하게 남들에게 도움을 청했던 것일지도 모른다. 나를 가두는 건 어쩌면 나 자신일지도 모른다.

그럴 때마다 글자를 눌러썼다. 주로 '검은 것'을 쓰게 된다. 물론 쓰면서 안다. 불도 끄지 않은 채 잠이 들고, 몇 번의 악몽을 꾸고 일어난 후 노트북을 엶과 동시에 몽땅 지워버릴 글이라는 것을. 그걸 알면서도 멈출 수가 없다. 제동장치가 없다. 그렇다면 이 행위의 의미는 대체 무엇일까. 나는 글에 무언가를 토해내기라도 하는 것일까. 글이 나를 치환시키기라도 하는 것일까. 나는 아직도 '글'이란 것을 잘 모른다. 글은 그저 글일 뿐이고, 삶은 다만 삶일 뿐이다.

여러 해 글을 써오며 알게 된 것은 삶에서 '글'이란 게 그리 대단하고 위대한 게 결코 아니라는 것이다. 경건하고 거룩한 것도 아니며 엄숙하고 진중한 것 또한 아니다. 글

쓰기는 위로의 기능이 있지만, 생활은 위로를 환대하지 않는다. 인생은 그렇게 호락호락한 게 아니다.

나는 '글'에만 모든 것을 의지하고 글로 삶을 가다듬는 것이 자칫 아둔한 행위임을 알았다. 삶은 다면적이고, 글은 그 여러 면의 일부를 구성하는 것들 가운데 그저 하나일 뿐이다. 글은 때때로 '길'이 되지만 모든 글이 길이 되지는 않는다. 글은 그저 눈을 씻고 찾아봐도 보이지 않던 길이, 지나쳐온 어딘가에 있을지도 모른다는 작은 마음의 눈을 길러주는 것뿐이다. 그것은 또 사람이나 환경에 따라 천차만별이다. 나는 다만 나를 믿는 일을 게을리하지 않았을 뿐이었다.

그렇다면 길은 어디 있나. 아주 단순하게도 길은 온 세상의 땅바닥 위에 있을 터이다. 내가 걷는 길바닥 위에, 내 오감과 육체에 있다. 직접 행해야 길이 되고, 행하지 않으면 그건 길도 글도 아닌 그저 허공에 내뿜는 연기와 다르지 않을 것이다. 덧없는 것이란 생각이 행위로 전환되어 나타나지 못한 모든 것이다.

어떻게 글이 있고 삶이 있을 수 있겠냐고, 나는 연신 뇌어 보았다. 먼저 삶이 있은 후에야 다른 것들이 줄줄이 따라오는 것임을, 나는 욕망이라는 황홀에 휩싸여 자꾸만 망각하는 것이다. 물론 나는 끝장에 가서도 쓰는 사람이겠으나, 더는 꾹꾹 짓눌러 쓰지 않기로 했다. 글자가 전부가 되어버린 삶은 머지않아 몰락할 것이다.

더는 술을 마시고 '검은 것'을 쓰지 않기로 했다. 나는 계속 저어 가고 싶다. 가볍게 멀리 가고 싶다. 때로는 사람과 함께, 그 맥박 소리와 함께 더불어 살고 싶다.

더불어 산다는 건 무얼까. 아마도 '대가 없이 주는 삶'일 테다. 준다는 것은 무엇일까. 상대방을 먼저 들여다보는 일이다.

조금씩 문밖의 문을 연다. 덜컥 소통한다. 불행과 닮은 무엇이 불쑥 나를 습격했을 때, 줄곧 안으로만 밀어 넣고서 나는 괜찮다고 말했지만. 괜찮다고 말해서 괜찮은 일은 정말 하나도 없다.

나는 쓰지 않고도 행복해져야 한다. 그것이 내가 오래도록 쓰기 위한 유일한 조건이다.

밥벌이

어떤 평화는 행복과 정반대에 있다.

생은 가끔씩 야만적이고

밥벌이는 영원하다.

밥을 번다고 생각하면

당장 하는 일의 무게를 새삼 실감한다.

아주 가녀린 살갗이 까뒤집히는 기분이다.

나는 밥벌이에 싫증을 내지 않을 것을

경건하게 다짐하지만

한참 멀었다.

밥벌이와 이상은 철저히 분리돼야 할 텐데.

철이 없는 나는 때때로 밥을 포기하는 지경에 이르곤
했다.

그때마다 나는
위대한 인간이라는 것을.
나를 파괴하는 것과 구원하는 것은
모두 내 안에 있음을
연거푸 상기했다.

나는 무너질 수 없다.
나락을 갱신할 수 없다.
다만 약간의 땀을 흘리면 된다.

아아, 신은 왜 인간을 먹어야 사는 동물로 만들었을까.
순리를 원망해 본들 어리석은 망상이다.

별안간 장이 쪼그라드는 소리가 났다.
베란다에 쌀이 바닥이다.
햇반을 사러 마트로 간다.
어제는 라면을 먹었다.

여름빛 아래

다시 여름이 찾아오면 바깥과 친해지는 연습을 해보려 한다.

한낮의 세상이 더워졌다. 매미가 구애를 시작했다. 빛이 따갑고 날카로워졌다. 하늘은 아지랑이처럼 흐물흐물 늘어졌다. 바삭바삭한 햇발이 폭죽처럼 쏟아져 내렸다. 나는 여름에 늘 진다.

더위는 전염병처럼 퍼져 나의 오후와 초저녁을 오염시키고 있었다. 머릿속과 코끝을 스치던 바람, 바람의 결이 소멸됐다. 바람의 경쾌함과 서늘함이 사라졌다. 더위를 뒤집어쓴 바람이 미세한 공격을 퍼부어왔다. 몸에서 땀이라는 신호를 보냈다. 위험한 신호였다. 나는 여름이 정말 너무나도 싫다. 싫은 것은 대개 불안정하고 충동적이다.

발끝까지 다가온 여름이 저주를 내리듯 말했다.

-이제 너는 곧 이 세상 누구보다 예민해질 거다. 눈썹은 찌푸려질 거고, 그 성난 미간도 네 삭막한 얼굴에 한몫을 하겠지. 그리고 한쪽 눈은 밟아버린 캔처럼 찌그러질 거야, 어릴 적 수술 부작용으로. 거기서 이제 한 달만 지나면 에어컨 없는 네 방에서 너는 아침에 일어날 때마다 온몸에 개미가 기어 다니는 느낌을 받게 될 거야. 밤새도록 습기와 싸우려면 그럴 수밖에 없을 테지. 이내 헛구역질을 하고, 그 뒤에는 숨 쉬는 것부터 다시 시작하면서 의문투성이인 하루를 준비하겠지. 그러니 가능하면 사람을 만나지 않는 게 좋을 거야. 아무렴, 그 사람들에게 너도 모르게 상처를 주고 싶지 않다면. 찌그러지자, 한없이.

인정하기 싫었다. 하지만 안다. 더위는 본래 예민한 나를 더욱 까칠하게 만든다. 인정에서 염오감이 느껴졌다. 나도 모르는 나를 걷잡을 수 없을 때, 다시는 마주하기 힘든 나를 만나야 할 때, 그 모습이 임박할 때, 임박 앞에서 무력할 때, 나는 나 아닌 무엇인가에 조종이라도 당하는 듯이 빠르게 어리석어지고 있었다. 한도를 모르는 다혈질이 된다. 그리고 시간이 지나면 안다. 모든 모습이 그저 나의 일부이고, 나는 회환을 더듬거리며 다시 괴로울 것이라는 것을. 고작 덥다고 발광을 떠는 내가 싫었다. 돌아보면 나는 한 번도 여름다운 여름을 보낸 적이 없었다. 어떠한 구속도 없이, 하찮았다. 슬픈 일이다.

평생 여름 없는 나라에서 따뜻하게 살고 싶었다. 몇 개월 내내 이 허망한 염원을 품다가 나는 여름을 난다.

하지만 아무리 혼자 괴로워한 들 내가 여름을 가을로 바꿀 수는 없는 노릇이다. 이미 바깥은 여름이다. 저 작렬하는 태양과 더위를 피한다는 것은 불가능하다. 불가능한 사실 앞에서 불행해지는 마음은 순전히 내 말썽일 뿐이다. 문득 빠른 체념을 하기 전에 천천히 주위를 둘러보는 태도가 필요할 듯했다. 고통의 색을 띠는 붉은빛의 광선이 머리를 쏘아대는 여름빛 아래서, 나는 인내라는 소리 없는 전쟁을 벌였고, 그것의 필요성과 지속성을 절감했다.

영원히 끝날 것 같지 않던 낮도 어김없이 저문다. 잿더미 같은 건물들 위로 노을이 솟았다. 태양은 등대처럼 멀리서 아른거렸고, 더위는 움찔거리면서 날카롭던 결을 조금 거두고 산 너머로 수그러들었다. 더위를 거둔 태양은 밤의 서늘함을 맞아 조금 식었고, 나의 온도와 대지는 어느새 비슷해졌다. 노을을 들여다보면 소리가 들리는 것 같다. 그것은 아마, 지나온 나의 소리다. 노을은 과거를 비추는 거울이다.

많이 괴롭지만 그저 시간이 흐르도록 놔두자. 마냥 좋은 것뿐인 세상은 아낄 것도 없고, 소중할 것도 없을 테니까. 시간이 흐르고 보면, 그걸 알게 되겠지. 하기야, 모든 게 괜찮은 세상은 딱히 소중할 것도 없고 고마울 것도 없겠지. 시원한 한 잔의 물에도, 대뜸 스치는 바람에도 행복할 수 있다는 것을. 아무것 아닌 미물에도 불현듯 살아낼 힘을 얻을 수 있다는 것을. 그래, 그걸 모를 거야.

나는 노을이 아니라 내 마음이 말하고 있음을 안다. 여름에 나는 고난의 달콤함을 배운다. 이 여름을 오롯이 살아가다 보면 나는 또 어딘가 변해 있을 것이다. 다시는 오지 못할 해의 가을을 마주하고 있을 것이다. 다시 여름이 찾아오면 바깥과 친해지는 연습을 해보려 한다.

바라곤 했다. 고통을 주는 시간이 길든 짧든, 고통을 있는 그대로 받아들이지 않기를. 하릴없는 고난에도 나름의 따스함이 있고, 지나고 보니 퍽 괜찮은 고통이기도 했음을 감각하는 한 점의 불꽃이 소진되지 않기를. 필경 그것이 나를 지켜주기를. 얼핏 느끼는 찰나의 행복을 약속처럼 기약하고, 소중한 사진처럼 간직하다가 또 별안간 괜찮아질 하루가 있기를. 그렇게 이 또한 지나기를. 살아가기를.

새벽 걸음

그 새벽은 낮보다 바쁘다.

불면이 심한 편이다. 한 번 잠에 빠지면 누가 업어가도 모르는데, '한 번'의 임계를 통과하려면 자주 뒤척거려야 한다. 그날은 정말 잠들기가 글러버린 날이었다.

수면을 관장하는 신이 있을까. 만일 있다면 엎드려 머리를 조아릴 정도로 잠이 간절했다. 분명 육체는 지쳐있는데 육체와 정신은 따로였던가. 몇 차례 눈을 감았다가 뜨기를 반복했다. 이것은 배터리에 전류가 바닥이지만 내일 일용할 에너지를 끌어다가 잠이 들고자 하는 꼴이다. 비록 내일이 상쾌하지 못할지언정 이 밤을 해결해야 하는 억척스러운 모순이다. 내일 아침을 내일의 나에게 맡기는 태도는 나를 안정시키면서도 그 밤을 더욱 혼란스럽게 했다.

매트리스 위에서 거푸 허우적거리는 것 말고는 달리 할 수 있는 일이 없었다. 그 새벽은 낮보다 바쁘다.

휴대폰을 멀리 던져두고 다시 가져와 본다. 미친 짓이다. 낭패감에 다시 휴대폰을 더 멀리 두고 잠을 시도한다. 헛수고다. 이럴 때면 쉽게 좌절한다. 잠자는 일만큼 쉬운 일도 없는 것을, 그 일도 제대로 할 수 없어 두 눈을 잉어 눈알처럼 멀뚱멀뚱 뜨고 있는 밤. 새벽 1시와 2시, 3시와 4시. 이윽고 희끄무레한 박명이, 거북한 여명이 머리에 얹어지기까지. 상념의 틈 사이로 문득 내가 잘못 살고 있다는 느낌이 든다. 느낌은 확신으로 싱겁게 변한다. 달력이 하루를 추가했고 나는 이틀 뒷걸음질 친다.

그래, 이 하루는 아직 나를 인정하지 않은 것이다. 나는 아직 잠이라는 달콤한 열매를 먹을 수 없는 것이다. 녹초가 되어 잠이 드는 것 말고는 달리 할 수 있는 일이 없는 상태일 때, 나는 마침내 살아있는 것이다. 세상이 그런 인간을 필요로 하는 것이다. 오늘 할 일을 다 마쳤음에도 나의 몸은 여실히 잠을 거부한다. 그러니 나는 아직 잠이 들 자격이 없는 인간인 것이다. 건강한 아침을 맞이할 수 없는 수준인 것이다.

잠시 주위가 어둑했다. 얼굴이 자꾸만 간질거렸다. 나는 한시바삐 몸을 옮겨야 함을 알았다. 이 거무죽죽한 방, 그래 이곳을 벗어나야 한다. 자리를 박차고 일어나 집을 나섰다. 거의 뛰쳐나갔다. 적요한 새벽이었다. 한낮이면 사람들이 지나다녀 먼지가 그득할 거리였는데 새벽이라 아무런 입자도 없었다. 나는 길목 곳곳을 깨끗하고 한가롭게 누리듯 걸었다. 새벽의 거리는 낮보다 고요하고 밤보다 활기차다. 만물이 새롭게 기지개를 켜고 살고자 한다. 새벽은 새로움과 벽이 어우러진 시간이다.

나는 계속 걸었다. 불현듯 뜻밖의 안식처를 찾은 듯해 기분이 가뿐해졌다. 외려 피곤하지 않았다. 산책은 걸음 그 자체가 아니라 꼭 마음이 난 길을 찾아가게 하는 듯했다. 어쩌면 나는 뒤숭숭한 내 마음을 먼저 잠재워야 했던 것 같다. 혹 잠이 들 자격이란 게 있다면 내가 나를 인정하는 마음일 것이다.

둥근달이 크게 떠올랐다. 달은 감미롭게 속살거렸다.
-때론 버텨야 하는 일과 버려야 하는 일을 구분하자. 하나의 선택을 꼭 미련스럽게 좇을 필요는 없겠지. 오늘 이 길을, 이토록 고요한 찬란을 갑자기 만난 것처럼.

달은 내려와 꿈꾸고 있다. 나는 공원을 한 바퀴 돌다가 집으로 들어갔다. 곧바로 잠이 들었다. 다음 날, 생각보다 일찍 일어났다. 상쾌하게 눈을 뜬 건 실로 오랜만이었다. 아마 기적이었다.

다시 사는 기분

세상은 아주 잠깐, 그러나 꽤 길고 섬세하게 고즈넉했다.

꿈을 꿨다. 꿈에 내가 죽었다. 어떻게 죽었는지는 모른다. 늘 그랬듯이 어쩌다 눈을 떴는데 세상이 안개처럼 희었을 뿐이다. 너무도 불가사의한 장면들에 잠시 넋이 나갔다. 그저 연신 눈을 비벼댔다. 눈을 비벼도 주위는 맑아지지 않았다.

눈이 안 보인다는 건 일일을 상실하는 셈이다. 밖이 아침인지 저녁인지 알 수 없고, 빛의 세기를 가늠할 수 없다. 다만 플랑크톤 같은 것들이 흐느적거렸다. 반투명한 움직임들이 선명했고, 실존하는 것들은 모두 투명해 있었다. 몸은 멀었고, 작동하지 않았다. 꿈결이 너무 현실 같아 도리어 꿈처럼 느껴지지 않았다.

　나는 병풍 뒤에 누워있었다. 어렴풋하게 이승의 소리가
들려왔다. 엄마의 울음소리는 들리지 않았다. 엄마보다는
늦게 죽은 모양이었다. 다행이다. 아는 사람들의 소리가
들려왔다. 나에게 문상하러 올 만한 몇몇 사람들을 나는
잘 알고 있는데, 그들이 병풍 앞에 나오니 새삼 반가웠다.
친구들은 한동안 침묵했는데 소주병이 네댓 병 정도 비워
지자 조금씩 수런거렸다. 내가 뭘 하고 싶어 했고, 뭘 잘했
고, 뭘 못했고, 뭐가 서운했고, 뭐가 고마웠고, 미안했고.
말들을 나는 병풍 뒤에 누워 들었다.

　그런 말들을 들으니 갑자기 미치도록 살고 싶어서 견딜
수 없었다. 당장이라도 뛰어나가 그들을 끌어안고 싶었
다. 최소한의 사람들에게는 내 이야기를 빠짐없이 했다고
생각했는데, 과연 소통은 끝이 없었고, 때로는 오해와 비
애의 울림이 되기도 하는구나 생각했다. 나에 관한 말은
사위어가는 불씨에 정면으로 부는 바람처럼 날아들어 왔
다. 사람의 말은 멈춘 심장도 뛰게 할 것 같았다.

　그러나 몸은 말을 듣지 않았다. 사는 동안 간간이 죽음
을 기대했으면서, 하필이면 왜 지금 살고 싶어서 안달이

란 말인가. 나는 통탄했다. 차갑게 식은 정수리에서 온몸에 한기를 내려보냈다. 곧 세상의 소리는 들리지 않았다. "이제 가자." 저만치에서 검은 형체가 아른거렸다. 나는 비명을 질렀다. 엉덩이를 박고 뒤꿈치에 사력을 다하면서.

　그때 깨어났다. 눈을 떴다. 앞이 보였다. 눈을 비빌수록 앞이 선명했다. 바람이 덧창문을 툭툭 건드리며 통과하려는 시늉을 하고 있었다. 나는 창문을 열고 콧속에 바람을 빨아들였다. 세상은 아주 잠깐, 그러나 꽤 길고 섬세하게 고즈넉했다. 나는 잠시 몸을 식혔다. 문득 새롭게 시작하자고 결심했다. 이불보를 걷어내고, 베갯잇을 갈아 끼우면서 이런 아침은 문득 기적 같다고 생각했다. 집을 나선다. 바퀴 자국 난 흙에서 연녹색 풀이 자라 있었다.

계속해 나가며

울음보다 우울을 받아들이는 일이 늘 더 벅찼다.

근래는 이상한 날들이 계속됐다. 우울감에 젖은 건 아닌데 그냥 왜 이런가 싶은 날들. 초조, 조급, 불안, 긴장감, 짜증, 실망, 피로가 내면에. 무감각, 경멸, 가벼움, 어수선함, 딱딱한 승모근, 탁한 공기, 그늘진 얼굴이 외면에 공존했다. 통틀어 소란과 권태가 은근했고, 걸핏하면 나는 침묵 속으로 기어들어 갔다.

울음보다 우울을 받아들이는 일이 늘 더 벅찼다.
무슨 일이 있어서 우울한 건 차라리 괜찮은 일이다.

분명 소리가 한가득인데 목청은 울리지 않았다. 양 볼이 부풀어 오르다가 싱겁게 새어 나온다. 터져 나온 파열음이 한동안 도처에 머물렀다. 그렇게 몸속에서 뭔가가 빠져나가고 빈자리는 메워지지 않은 채로 방치되었다. 몸이 부자연스럽게 가벼웠다. 몸이 둘로 갈라져서 술래잡기라도 하는 기분이다. 나는 시시때때로 잘 쓰고 싶은 욕망에 시달렸고, 모든 것이 내 손보다 한 뼘 앞에 있었다. 과연 그래서 우울했을까. 나는 무엇을 더 해야만 했을까?

정서에 허기가 졌다. 근원은 '조급함'이었다. 쓰는 사람이 되어야겠다고 결심한 후로 하루도 조급하지 않은 적이 없었다. 그런데 어찌 조급하지 않을 수 있나. 이 조급함을 배불리 하는 유일한 방법이 '잘 쓴 글'밖에 없다는, 아니 정확히는 '내 마음에 드는 무엇' 뿐이라는 분명한 예감에 나는 좌절했다. 하루는 막다른 길이었고 혼란은 극에 이르렀다.

친구는 조금 천천히 나아가도 괜찮다고 에둘러 말했다. 쉬엄쉬엄해 나가도 된다고, 이제 시작이지 않느냐고, 여태 잘 해오지 않았느냐고. 듣기가 좋았다. 듣기 좋았다는 게 석연치 않았다. 나는 마음을 부정했다. 당시에 나는 고개를 끄덕이며 소주를 마셨지만, 아직도 그 말이 무슨 뜻인지 이해하지 못하고 있다. 나는 이해가 돼야만 마음에 말을 들었고, 이해하지 못한 모든 말들은 다만 음악 한 음보다도 못한 소리들에 불과했다. 나는 말이 듣기 좋았다는 사실을 용납할 수 없어 했다. 천천히 가는 게 무엇인지도 몰랐고, 그런 일은 있을 수도 없었다. 그 말은 꼭 천천히 죽어가자는 말처럼 들렸다.

노트북 앞에서 손가락을 움직이지 않는 모든 순간에 나는 쓸 거리를 찾았다. 어떤 순간을, 나는 잡으려 했다. 잡은 것을 잃어버리지 않도록 했다. 이렇게 말하면 무슨 낭만적인 '영감 사냥꾼' 같이 들리겠지만, 실은 아무 단어나 문장도 잡지 못하고, 이미 써둔 글을 의심하고 하찮아하는 것을 반복할 뿐이다. 특별한 일이 없는데도 늘 얼굴이 피곤한 이유다.

말이 나왔으니 쓰러한다. 나는 '영감'이란 말을 아주 싫어한다. 영감을 받는다, 라는 말은 자칫 의식을 깊은 수렁으로 몰고 간다. 누구도 방문할 수 없고, 누구에게도 구원받지 못하는 세계로 속절없이 빠지는 것이다. 그곳은 너무나 견고하고 달콤해서 현실 세계를 모호하게 헝클어트린다. 영감만이 곧 창작의 진리이며 자격이라고 믿는다면 곤란하다. 그것은 모든 예술가의 풍족한 허세이며 가장 치명적인 오만이다. 그렇게 시간이 흘러 외롭게 자멸하는 사람들을 나는 종종 보았다.

물론 나도 가끔씩은 영감 비슷한 것을 감응하곤 한다. '어떤 신기로운 느낌' 말이다. 그것을 깡그리 부정하고 싶은 마음은 없다. 털끝만큼의 자극도 없는 세상은 그런대로 삭막하고 끔찍하다. 나는 다만 창작자이기 전에 노동자임을 망각하지 않으려는 것이다. 내 글은 오직 노동의 산물이며, 엄중한 규칙과 시간의 근육으로 탄생했다. 나는 영감 타령을 할 때가 아니다.

스스로 규칙을 세우고 지키며 살아온 지도 긴 시간 지났다. 요즘은 그저 조금 멍청하게 있고 싶은 마음이다. 오롯하게 가만히 있는 방법을 잊어버린 지가 너무 오래되었다. 그런 나를 허락하지 않는다는 말이 더 정확할 것이다.

나는 두려웠다. 영원히 쓰지 못하는 사람이 될까 봐. 그래서 늘 무거웠다. 무거워야 생존하는 줄 알았다. 착각이었다. 무거우면 금방 퍼지는 것이다. 작가라는 사람은 (비단 작가만 그러할까) 철저하게 '나 자신'과 잘 지내는 사람이었다. 먼저 신의를 다지고, 자부심을 느끼면서. 때로는 화해도 하고, 잘 다독여서 데리고 사는 것. 그렇게 한 발 더 멀리 가거나 두 발 물러나는 사람인 것이다. 이제는 작가라는 이름에 너무 많은 무게를 싣지 않으려 한다. 그래도 괜찮을 것만 같다. 작가가 뭐 별거인가. 그냥 가볍고 싶다.

계속해 나가며 2

어떻게든 계속해 나가겠다는 다짐은 아마 최고의 진리다.

남들 글을 읽으면 우울해졌다(이것은 경이로운 우울함이다). 하나같이 글이 좋다. 누군가의 문장은 간결하고 군더더기가 없다. 내가 좋아하는 글이다. 나는 단문을 좋아한다. 단문은 곧장 핵심으로 치고 들어가기 때문에 농밀하고 깊다. 간혹 한 문장을 오목조목 뜯어보면 족히 3~4줄이 나오기도 하는데, 그때 나는 경이로움과 부러움을 느낀다. 작가가 일부로 글을 줄여놓은 것이다. 감탄하지 않고 배길 수 없다. 단문에는 '버리고 걸어냄'의 미학이 있다. 잠시 감탄한 후엔 쓰고 싶은 마음이 차올랐다.

어떤 사람은 처음 보는 단어를 쓴다. 곧장 국어사전을 열어 그 단어를 검색한다. 메모장에 뜻과 함께 예문을 옮거 적는다. 그 단어가 내 것이 아님을 나는 잘 안다. 그러나 그대로 지나쳐버릴 수도 없는 묘묘한 지옥에 나는 빠져 있다. 나는 그러한 행위를 '수집'이나 '배움' 같은 단어로 표현하기 민망하다. 솔직히 싫다. 과연 그 단어를 써도 괜찮을지 모르겠다. 그럼에도 뻔뻔스럽게 일단 적어 놓는다. 어쩔 수 없는 노릇이다. 일단 적어놓으면 단어에 잔열이 남았다. 어쩌면 삶이라는 것 자체가 수많은 잔열을 그러 모으는 일이기도 하고.

한때는 국어사전에 있는 단어를 모조리 끌어다 쓸 수 있는 줄 알았다. 그러나 시간이 흐르면서 점차 내가 쓸 수 있는 단어는 찌그러져서 한 움큼밖에 되질 않았고, 그 단어들을 고작 여기 붙였다 저기 붙였다 하는 가난한 살림을 살아야 한다는 사실을 뼈저리게 자각한다. 모르는 단어를 익히는 데엔 경험과 시간이 필요하다. 그전에는 결코 그러한 단어는 쓰지 않겠다고 결심했다. 그래야 나에게 솔직할 수 있었다. 나는 다른 건 몰라도 글은 솔직해야 한다는 철칙을 가지고 있다. 그게 좋든 싫든, 잘 읽히든 버려지든, 나로서는 어쩔 수가 없는 일이다.

어떤 이의 철학은 고개를 끄덕이게 하고, 어느 소설가의 세계관은 놀랍도록 신기롭다. 경탄의 물결이다. 제대로 된 사랑이 전혀 무엇인지 모르는 나는 사랑에 관한 글이 잘 공감되지 않지만, 어떤 아픔이 마음속에서 자꾸만 꿈틀거려 그 통증이 손을 타고 내려와 글로써 표출되고야 마는 마음은 몇 번이고 섬세히 느낄 수 있었다. 대개의 글은 결핍이었고, 살고자 하는 마음이었고, 끝에는 사랑이라고 이름 붙일만한 불씨가 발화하고 있었다. 글자들은 내게 더 늦게 전에 사랑하라고 말하는 것 같았다.

묘사나 비유, 표현을 다채롭게 하는 사람도 있다. 그런 것은 그저 부러울 뿐이다. 대개 '시'가 그렇다. 나는 시를 읽으면 너무 이상하다. 도대체 어떻게 썼는지 모르겠다. 읽으면 읽을수록 질투가 나고 어렵다. 나는 시인들의 철학이나 인생관에는 별로 흥미가 없지만 그들의 시선이나 감수성, 고고한 고독성은 정말이지 빼닮고 싶다. 그것은 섬세한 심장이 수없이 뛰어야만 가능한 일이다. 아픔을 더 치명적으로 받아들이고, 사소한 기쁨에 환락하는 일이다.

물론 나도 지극한 예민을 지녔다. 나는 내향성 90%의 인간이다. 그러나 나의 예민성은 주로 부정적이고 비관적인 시각으로 가닿는다. 나는 세상에 아름다움을 그 자체로 받아들이지 않는다. 끔찍스럽고 서글픈 것을 더 아프게 받아들이지도 않는다. 그래서 항시 무미건조하다. 나는 그것이 싫지 않다. 무언가를 비관하고 부정함으로써 나는 그 것을 이해하거나, 납득하거나, 인정하거나, 끝내는 사랑하 게 되는 어떤 힘을 감응한다. 나의 예민성은 필경 나를 덜 다치게 해 준다. 덜 다친 나는 겨우 사랑할 수 있다.

나는 쓰든, 쓰지 않든, 자기 자신을 말하려는 모든 사람 을 동경한다. 싫증을 잘 내는 나에게 동경은 늘 새롭다. 동 경의 대상이 있다는 건 행복한 일이다. 그러나 동경에 갇 혀 있어서는 곤란하다. 나는 그들을 발견하고, 토대로 발 전해 나가다가, 그들을 극복해야 한다. 극복하기 위해서 는 단지 감탄하고, 사유하고, 넋이 나가 있어서는 안 된다.

해답은 단순하다. 그것이 얼마나 비범하든 평범하든, 정해진 시간에 할 일을 하는 것이다. '성실성'은 알 수 없는 모든 질문에 답이 된다. 고난보다 더 나를 무너트리는 것 은 권태일 것이다. 권태 다음 성숙이 있다.

삶이 주는 우연과 기회를 믿되, 객관을 벗어난 희망은 버리고, 오기와 버팀을 기반으로 발전해 나가자는 마음. 어떻게든 계속해 나가겠다는 다짐은 아마 최고의 진리다. 하고자 하는 내가 나는 마음에 든다. 나는 끝내 어느 영화 와 같은 날이 짠, 하고 나타나기를 바라지 않는다.

혼자 먹는 밥

밥 먹자는 말은 사랑한다는 말과 닮았다.

혼자 먹는 밥은 간단할수록 좋다. 나는 그렇게 생각한다. 물론 혼자서도 얼마든지 한 상 넉넉히 차려 먹을 수 있지만, 그러한 밥상에서 혼자는 맛을 다 음미하지 못하기 일쑤였다. 목구멍으로 급히 욱여넣은 밥은 맛에서 점차 멀어진다.

밥은 맛과 어우러져 하나의 정서가 된다. 맛은 상상력으로 얼마든지 재구성할 수 있지만, 결국은 제 목구멍으로 넘어가는 밥만이 저마다의 정서에 남는다. 정서에 남은 밥은 일상이 되고, 그런 게 모여 인생이 된다.

밥은 몸을 배부르게 하고 맛은 혀에 숨을 넣는다. 영양은 몸을 기능하게 하고 감각은 마음을 풍요롭게 한다. 이것은 웬만하면 한 식탁에서 이루어지지만, 혼자 먹는 밥은 간편함에서 그 정서와 기능이 수월해지곤 했다.

식탁에서 사람 없는 앞자리는 응시가 버겁다. 주로 휴대폰을 쳐다보게 된다. 맛은 공감을 필요로 하고, 그래서 밥 먹을 때의 정서는 사람을 필요로 한다. 밥 먹을 때 사람이 없다는 사실은 날마다 새롭게 초라하다. 일전에 편안함은 빠르게 휘발된다. 구부정한 자세로 휴대폰을 보며 그래도 누군가와 함께 밥 먹는 기분을 연신 내보지만 그 밥은 맛과 작별한다. 작별한 맛에서는 다채로움이 가장 먼저 사라지고, 이 상실은 배가 부름으로써 다시금 망각된다. 설거짓거리가 많아진 식탁을 보면 괜스레 식욕이라는 욕망에 패배한 내가 쓸쓸해진다. 그래서 나는 되도록이면 간단하게 끼니를 때운다. 부족할수록 유용한 것이 이따금 존재한다.

몸이 무겁지 않으니 정신이 맑다. 오늘은 뭘 먹지 않았다. 커피 두 잔과 빵을 먹었다. 슬슬 배가 고픈데, 배고픈 내가 가끔은 희망도 절망도 없이 따분하다. 그러나 인간에게 밥은 하릴없다. 배고픈 나는 극복될 수 없는 숙명이다.

머릿속에서는 이미 저녁거리를 찾느라 분주하다.

오늘도 저마다의 적막에서 숟가락질 소리가 들리는 것
같다. 실낱같은 비애가 덜컥 옥죄어오지만, 혼자 밥을 먹
어야 하는 건 열린 슬픔이다. 아무렴 아무 도리 없는 일이
다. 초라함은 밥숟갈에 영원히 얹어져 있다. 나는 끼니를
간소화할 때마다 건강하게든 쇠약하게든 살아남아서 어
느 날 같이 밥 먹고 싶은 사람들을 생각한다. 상한 식량이
나 잘 골라내 먹으면 그것으로 되었다. 밥 먹자는 말은 사
랑한다는 말과 닮았다.

바람을 맞대고 있기로 했다

나에게 무한한 자유로움을 주었던 것은 항시 말 없는 것들이었다.

　늦은 오후였다. 종일 얼굴에 얹어놓은 마스크가 갑갑했다. 이날따라 작업도 반쯤 가로막힌 숨처럼 볼품없었다. 불현듯 주위의 농도를 연하게 할 필요가 있음을 알아차렸다. 갑자기 몸이 간지럽고 비현실적으로 더운 것이었다. 심신에 환기가 간절했다. 속히 나가야겠다고 생각하자 더 숨이 막혔다. 카페에서 나왔다.

　바람을 맞대고 있기로 했다. 마침 바람이 불어올지는 알 수 없었는데, 어쩐지 불어올 것만 같았다. 아니, 다소 삭막한 곳에 오래 있다 보면 아주 미세한 바람일지라도 머리카락 사이사이를 통과하는 상쾌함을 보다 섬세히 느끼게 되기 마련이다.

바람은 '바람'이라고 여길 만큼 불어오지 않았지만, 몸이 공기를 가로질러 나아갈 때마다 나는 잇달아 가뿐해지고 있었다. 한 발, 다시 한 발 나아갈 때마다 바람의 강도가 보폭의 넓이와 속도만큼 늘어갔다. 공기를 저어 가는 몸의 감각은 독과 꿀이 동시에 든 열매 같다. 이것을 맛보고 싶어, 이 치명적으로 달콤한 기분을 만나려고, 나는 아마저 벽돌들 안에 갇혀 조용한 지옥을 자행하는 것일 테다. 이 세상에 바람이 없었다면 정말 어떻게 살았을까 싶다.

나는 근처에 사람이 없음을 확인하고 마스크를 내렸다. 크고 길게 숨을 쉬었다. 그 숨이 너무나 홀가분하고 경쾌하여 몇 번 더 깊은숨을 쉬었다. 이토록 좋구나, 숨을 쉰다는 것은.

이따금 나는 살아있음을, 살고 있음을 감각하기 위해 안간힘을 쓴다. 가장 확실한 처방은 역시 숨쉬기와 바람을 쐬는 것이다. 몸 안으로 무언가 순환하는 기분은 경이롭다. 그러면 어김없이 행복했다. 나는 살아있는 생명보다 죽어있지만 분명히 느낄 수 있는 무언가와 교감하는 일을 사랑했다. 생명이 가진 파괴와 모순, 그리고 환멸에서 벗어나고 싶음이 이유다. 인간은 때때로 징그럽다. 지나 보면 대부분 쓸데없거나 기억나지도 않는 사람들에게 무엇하러 내 아까운 신경을 올올이 풀었을까 싶다.

　나에게 무한한 자유로움을 주었던 것은 항시 말 없는 것들이었다. 물론 교감의 과정은 쉽지 않은데(거의 불가능에 가깝다), 대부분 사람이 아닌 무엇과의 교감은 반쯤 정신이 쇠약해 있을 때 비로소 가닿았다. 무언가에 질리도록 지쳐있을 때, 만물은 갑자기 아름다워지는 것이었다.

　나는 한 나무를 들여다보고 있었다. 잔가지가 무성한 나무였다. 가지의 끝자락을, 나는 뭔가에 홀린 듯이 바라봤다. 그냥 봤다. 달리 바라볼 것도 없었다. 이 세상 무엇을 쳐다볼까.
　어릴 적 단풍이 적갈색으로 물들었던 때가 기억난다. 그때마다 사람들은 약속이라도 하듯 옹기종기 모였다. 어디서 모여들었는지 모를 사람들이 거짓말처럼 나무 밑에 멈춰 중얼거렸는데, 나는 다들 저기서 대체 뭐 하는 거야? 생각하면서도, 늙으면 자연스레 자연을 찾게 되는 거라고 단정하곤 했다. 그 의문이 조금 풀리는 듯했다. 세상에는 별로 바라볼 게 없다. 그들은 모두 지친 것이었다.

　그 나무는 유독 잎이 푸르고 가지가 고약했다. 어쩌면 저렇게도 잎과 가지의 결이 서로 멀까 싶었다. 대충 보면 나무는 누추하고 지저분했는데, 자세히 보니 어울리지 않다가도 조화로웠다. 서로 같이 푸르거나 고약하면, 어쨌거나 안 될 일이다. 그렇게 생각하니 저 상충하는 조화로움이 새삼 우아하기까지 했다. 마치 때 묻은 중년의 기품이 결코 젊음에서 얻어질 수 없는 것처럼.

가지 끝에 조금 커다란 물방울이 곧 떨어질 기세로 그렁대고 있었다. 그 모양새가 꼭 여름이 매달려있는 듯했다. 무엇이든 힘이 다해 떨어져야 새것이 오는 모양이다. 과연 지당한 나무다.

나는 십 분 정도 나무를 쳐다봤다. 저만치에서 검붉은 기운이 드리우고 있었다. 밤이 오는 중이었다. 나는 매달린 이슬이 언제 떨어지나 바라보고 있었는데, 떨어지기 직전에 고개를 돌렸다. 푹 하고 박혀버리는 방울이 괜스레 서운했다. 서운하다니, 안 될 마음가짐인데.

떨어지는 것을 정면으로 응시해도 모자랄 형국에 나는 눈을 돌려버린다. 그러다 동시에 생각했다. 물방울은 또다시 엃힐 터인데, 못내 아쉬운 마음으로는 '그다음'을 기약하지 못할 것이라고.

나는 어느샌가 예측하는 인간이 되어있다. 이 삶은 다만 죽을 때까지 맺히고 떨어지기를 반복할 것이고, 나는 그 한가운데 살아있다는 것을. 그 사실에는 '어쩌면'이 없다. 나는 한낱 이슬에도 이입해버리는 어떤 시절의 한가운데서, 실바람 한 점에 나의 초심이 날아가 버리기라도 할까 봐 지레 겁을 낸 모양이다. 몇 분 전 나의 소란과 가로막힘이 다만 그것이었음을, 나는 어렵지 않게 알 수 있었다. 다시 바람을 맞고 싶다. 다시 떨어지는 이슬을 보고 싶다. 그러기 위해 나는 다시 돌아가야 할 것이리라.

모든 마음은 꾸준히 맺히고 떨어지기를 반복할 뿐이다. 지친 줄도 모르고 지쳐가는 어느 날, 조금 오래 쉬고, 오래 멈췄다가, 내가 가지고 있던 것들이 다 떨어지거나 더 떨어질 것도 없어 그치면, 그저 나가서 바람을 쐬고 이슬을 매만지면 되는 것이다. 그러면 새로운 하늘이 뜰 것이다. 누군가 뿌리째 뽑아가지 않는 이상 그 나무도 그러할 것이다. 휘청이고, 깎여나가고, 떨어지고, 다시 자라나고. 기어이 봄은 오고.

나무에도 바람에도 흥미가 조금씩 떨어지는 차에, 문득 보고 싶은 사람들이 하나둘 차오르고 있었다. 갑자기 저 문으로 그들이 들어오기라도 한다면 얼마나 황홀할까. 방방 뛰며 발광을 하고 냅다 달려가 한 아름 포옹이라도 할 것 같은 기분이다.

웃음소리를 기억한다

중요한 것은 아무것도 없거나 가장 가까이에 있다.

하루가 반죽음인 날이 있다. 온종일 무언가를 열심히 했는데 알고 보니 그 모든 노력이 틀렸다는 것을 알아차릴 때가 그렇다. 숫제 쉬었어야 했다. 어떤 '부정'에는 자그마한 합리화와 긍정이 기를 쓰고 충돌하기 마련인데, 이를테면 '그래도 오늘 나는 성장했다, 그래 여기까지 잘 왔다.'와 같은 문장이 대항하는 것이다. 자기 합리화를 못 하는 인간은 파멸한다. '반죽음'인 날은 그러한 한 올의 낙천까지 모두 회의로 변모하고, 자명한 불우가 그 자체로 농밀해져 아무것도 할 수 없는 날인 것이다.

걸음이 껌처럼 늘어지고 미풍에도 나약하게 흔들리는

몸. 그런 몸을 질질 끌어다 보내는 끼 없는 저녁. 어쩌면 밤과 낮의 구분이 모호한 시간의 고문. 단체구보를 할 때 갑자기 5분이 50분처럼 기어가듯, 고통이 섬세한, 그 더운 순간. 그저 혼곤한 의식을 놓지 않고 흰 눈 같은 시간이 어서 지나기를 바라면서. 가만히 아가리를 벌리고 있어야 지날 수 있는 심해의 밤.

  의지는 소진되었고 허리가 배배 꼬였다. 엉덩이가 자꾸만 들썩였고 손목이 아렸다. 몇 자 쓰지 못했다. 쓰지 못하면 잘 먹지 못한다. 밥 먹을 자격도 없다고 책망하는 것은 아니다(부디 아니길 빈다). 정말로 몸에 기력이 없어서 반강제적으로 소식을 하게 된다. 멀건 죽이나 한 그릇의 국물을 찾게 된다. 후루룩 밥을 말아 먹고 그 지긋지긋한 배고픔이 가져오는 맛의 탐닉을 끊어버리고 싶어진다. 그런 하루에 먹는 음식은 뭐가 됐든 하나같이 맛이 없다. 온기나 영양만 있다. 겨우 그렇다.

  집으로 간다. 골목을 비춘 가로등 불빛에 동공이 찌그러졌다. 눈물이 찔끔 들락거렸다. 나는 왜 살아있는 걸까. 오늘은, 또 왜, 아마 영원히 반복되겠지, 이런 날은. 실없는 생각을 했더니 관자놀이가 펄떡거렸다. 귓가에 맥박 소리가 울렸다. 외에 아무 소리도 들리지 않았다. 착란이 고조되면 얼른 집으로 가야 한다. 누구도 만나지 말아야 한다. 휴대폰 전원을 *끄고* 겉옷 가장 깊숙한 곳에 쑤셔 넣는다.

언제쯤이면 이 삶을 구걸하지 않을 수 있을까. 시간은 또 어디에 나를 데려다 놓고 나를 비웃을까. 시간은 나인가, 세상인가. 나는 필연적으로 움직일까, 다만 우연으로 움직일까. 그 무엇이든 간에 다만 무엇인가 흐른다는 것을 망각하지 않아야 한다. 나는 오늘도 늙고 있고 오늘도 벗겨진다는 것을.

구원의 시간은 있을까. 글쎄다. 무엇이 나를 구원으로 이끌까. 구원, 그런 시답잖은 말이나 붙들고 있을 때일까. 그런 생각을 하는 것만으로도 어쩌면 얕은 구원인가.

나는 단 한 번 살아가고 언젠가 가루가 될 것이다. 시간은 빠르고 우연은 예상할 수 없다. 빠른 것은 필연이고, 나는 그것에서 벗어난 적이 없었다. 그러나 나는 하루를 만들 수 있다. 다시 하루가 주어졌고, 이것을 능력껏 요리하는 것이 나의 몫이다. 어떤 예술품이 탄생할지, 쓰레기 한 봉지가 될지. 알 수 없지만 오늘도 움직일 뿐이다. 절망은 언제나 있었다.

다만 언젠가 심장을 가지런히 하고 편히 쉴 수 있도록, 오늘도 흘러내리는 어깨에 가방을 걸쳐 메고 발악하듯 하루를 산다. 그 방법밖엔 없다. 다시, 한 번 더 다시. 삶의 까닭을, 모든 의미와 빛을 낱낱이 답습하면서, 희망의 여지를 남기는 모든 것들을 향해 광적인 질주를 감행하는 것. 중요한 것은 아무것도 없거나 가장 가까이에 있다.

별안간 나는 가까운 사람들의 웃음소리를 떠올렸다. 소중한 인연들. 그래 아마도 구원은 '사람들' 일 것이다. 포기하고 싶은 순간마다 사람들이 둥그렇게 떠올랐다. 한 사람, 한 사람의 웃음소리가 먼 과거에서 부친 편지처럼 날아와 가득하면 나는 살아있음에 감사한다.

웃음이 나에게 향해 있다고 느낄 수 있을 때의 전율과 실감을 나는 믿는다. 그것들이 마음을 진동시키면, 구원은 멀지 않은 곳에 있음을 안다. 누군가와 웃을 날을 고대하면 고통스럽지 않다. 내일은 밥 다운 밥을 먹어야겠다. 혼자라도.

목감기

때로는 더 나아가기 위해 가지 않았다.

까무룩 자고 일어났더니 목이 부어 있었다. 목젖 부근이 심하게 건조했다. 멍든 것 같은 통증이 느껴졌다. 침샘은 메말라 있었다. 목구멍에 모래를 얇게 펴 발라 놓은 듯이 까슬거렸다. 별안간 턱 하고 얹힌 그것이 원망스러웠다. 침을 삼켜 넘기려 해도 넘어가지 않았고, 차라리 끌어올려 뱉으려 해도 뱉어지지 않았다. 목울대가 울렁거릴 때마다 식도가 쓰라렸다. 목은 정직하고 예민했다. 아무래도 가만 내버려 두는 게 상책인 듯했다. 오돌토돌한 알갱이 하나가 판금에 흠을 내듯, 목을 움찔거릴수록 중구난방으로 흠이 지는 듯했다. 하루는 별거 아닌 것에도 아주 복잡하게 헝클어졌다.

면역력은 슬그머니 감퇴한다. 근원을 알지 못하는 감퇴는 고작 받아들이는 것 말고는 아무 도리가 없다. 머리맡 덧창이 아주 살짝 덜 닫힌 밤. 어떤 의식에 이끌려 낯선 장소에서 시간을 보내는 사이. 저녁 무렵 노을에 정신이 팔려 찬 바람 부는 거리에 걸음을 멈춘 사이. 면도를 하고 종종 얼굴에 상처를 내며 늘 같은 일상을 반복하는 사이. 발을 떼지 않고 길게 끌어야 안전하게 지날 수 있는 얼어붙은 길목을 지나는 사이. 나를 훼손하는 것들은 늘 그렇게 조용히 자리하고 있었다.

　고통은 순식간에 찾아왔다. 침대에서 일어날 수 없었고 일어날 생각도 없었다. 목감기가 맞나 확신할 수 없었지만 그쯤 되니 확실해지고 있었다. 목에서 시작된 고통이 몸으로 내리 퍼져나갔다. 사납지 않은 바람에도 몸이 으스스 떨렸다. 보온이 간절했다. 되는대로 근처에 있는 옷을 껴입었다. 긴 팔에 카디건을 입고 후드티를 뒤집어썼다. 그 위에 양털 조끼를 입고 지퍼를 전부 올렸다. 다소 해괴한 복장이었다. 군데군데가 접혀 불편했지만 아무래도 상관없었다. 따뜻하면 그만이었다.

　당장 밖으로 나가도 그다지 춥지 않을 두께를 하고 이불 아래서 떨었다. 몸이 아플 때 나는 한달음에 우울해지는데, 어떤 느낌인지 차라리 잘된 일이지 싶었다. 돌아보니 그동안 너무 오래 아프지 않았다. 너무 오래 춥게만 살아왔다. 따뜻한 물을 마셨다. 몸은 이제 완벽히 전원을 껐다. 나는 모든 것을 잠시 공식적으로 내려놓았다.

진종일 잠만 잤다. 이불 아래 웅크린 채 땀을 조금 흘렸다. 그러자 이상스레 몸이 조금은 기력을 회복한 듯싶었다. 몸이 제정신을 차리자 머리가 다시금 일을 시작했다. 머릿속이 온통 글 생각으로 가득 찼다. 오늘 해야 할 분량, 고쳐야 할 부분, 마음에 안 드는, 이게 아닌데, 아닌데, 하면서도 그럼 어떻게 해야 할지를 몰라 무력하게 바라보았던 수많은 글자들이 한순간에 산란했다. 갑자기 쓰지 못하고는 아프기도 싫었다. 저녁 8시였다.

나는 의식과 의지 사이에서 개탄과 황망을 동시에 느꼈다. 생각과 몸이 상충했다. 죽을병 걸린 것도 아닌데 할 일은 해야지. 이렇게 나약해 빠져서야 도대체 어쩌려고 이러나 싶다가도, 이럴 때라도 나를 면밀히 보살필 수 없다면 그 또한 내가 원하는 바가 아닐 거라는 마음이 충돌했다. 나는 곧 흘러내릴 것 같은 몰골을 하고 가방을 챙기다가 돌연 실소를 터트렸다. 이렇게까지 쓴다고 해서 행복할 거냐고 물었을 때 나는 아니, 라고 말했다. 됐다. 그냥 자자.

나는 마침내 고요했다. 모든 게 사라지는 것 같은 불안이 내 목을 졸라와도, 푹 쉬고 다시. 그다음 일을 하면 된다고. 건강하게 살아야 더 오래 쓰는 것이라고. 다독거리는 사이 마음에 온기가 돌았다.

약을 먹고 하루를 마감하기 직전에 마지막으로 노트북을 열었다. 광활하고 새하얀 백지가 설원처럼 펼쳐져 있었다. 발자국 하나 없는 눈밭처럼 깨끗한, 때로는 무엇도 남기기 싫은 흰색 찬란을, 나는 보았다. 때로는 더 나아가기 위해 가지 않았다. 어떤 경이로움이 여백에서 빗발치고 있었다.

둘레길의 꽃처럼

우리의 등을 떠밀었던 건 고작 우리였을지도 모르겠다.

형태만 음식인 에너지를 먹고 집에 돌아오자 오후가 되었다. 우리 집에는 습관처럼 티브이가 켜져 있다. 꼭 시청할 게 없더라도 그렇다. 은은히 깔린 '적적함'이 이유다. 얇고 검은 화면 속 소리는 꼭 사람 사는 소리와 같아서, 분명 사람이 살기는 사는데 하루 대부분을 빈집으로 놓일 수밖에 없는 우리네의 공허한 운명을 한결 덜어내 준다. 문득 집은 슬퍼져 있었다. 적막한 집에 들어 사는 사람에게 행복이란 기분은 적다.

나는 물을 마시면서 소파에 앉아 있었다. 잠시 멍했다. 물을 다 마신 후에 할 일을 하러 집을 나갈 계획이었다. 집을 나서기 전 잠깐의 5분. 옆에는 눈 화장 중인 엄마와 이제 씻을 때가 다 된 것 같은 개가 오른쪽 허벅지에 턱을 괴고 엎드려 있었다. 분명한 정적인데 어딘가 자꾸만 시끄럽다.

누워있는 개가 대뜸 불쌍했다. 우리 집 사람들은 하다 못해 반려견에게도 미안한 감정을 품고 있다. 많은 시간을 함께 하지 못했기 때문이었다. 부모님은 오후에 출근해서 새벽에 귀가하고, 나 또한 집에 있는 시간이 거의 없다. 가만 보니 개와 어려서부터 줄곧 함께하지 못했다.

우리 집 사람들은 다들 기력이 없다. 언제나 새로운 세상과 싸워야 하니까. 역설적으로 개와 어울릴 시간이 적을수록 우리가 먹고사는 것이다. 그래야 개도 산다. 어쩌면 처음부터 개를 입양했던 건 우리들의 욕심이었을까. 이 공허를 파훼하기 위해 우리는 개를 기른 것일까. 개는 고독한 얼굴을 하고 있고, 여느 개보다 외로움을 잘 견디는 듯하다. 개는 전혀 명랑하지 않다가 산책을 가자고 하면 미친 듯 발광한다. 여하튼 잘 자라주었다. 그 모습이 더 가엾다. 개도 사람을 닮는다.

티브이에서 어떤 프로가 방영되고 있었다. 제목은 잊어버렸다. 대뜸 젊은 남녀가 둘레길을 걷고 있던 것 말고는 기억에 없다. 엄마는 갑자기 "나도 저런 데 놀러 가고 싶다." 하면서 부러움과 탄식이 반쯤 섞인 소리를 내뱉었다. 나는 한순간 가슴이 썩어버렸다. 유독 노랗고 짙은 노을이 거실 바닥에 내려앉았다. 빛은 능청스러웠다.

　-제발 좀 가, 가면 되지. 돈 벌어서 다 어디다 쓰려고 그래?
　-저런 데를 가봤어야 알지.
　-저런 사람들이라고 처음부터 다 잘 다녔겠어? 계속 가버릇하니까 다니는 거지.
　-글쎄
　-글쎄는 뭐가 글쎄야. 다음 달에 며칠 휴가 내고 저기 갔다 와, 아빠랑.

　엄마는 침묵했다.

　저곳이 어딘지 모르겠지만, 우리가 이미 저곳에 빨려 들어가 버렸다는 것을 나는 부정할 수 없었다. 엄마는 망연한 얼굴로 한동안 둘레길을 보더니 이내 화장에 집중했다. 나는 엄마의 다음 대답을 어렴풋이 예상했다. 아마도 조금 지치는 말. 지쳐서 뻔하고, 뻔해서 더 어려운 그런 말. 그 뒤로 아무 일도 없다는 듯 살겠지만, 별안간 달팽이관을 툭 치고 가는 말. 홀로 밥숟갈을 뜰 때 한 번쯤, 모습과 목소리가 상기되는 말. 이내 복잡한 미소를 지었을 말. 그런 말이었을 것이다.

'시간이 없어서, 여유가 없어서, 저런 데를 가본 적이 없어서, 저런 데는 가본 사람만 가는 거라서, 내 팔자에 어딜 가냐고.'

나는 엄마의 부러움이 '돈'이 아니라 '여유'에, '시간'이 아니라 '망설임'에 있는 것 같은 예감을 참을 수 없었다. 우리들은 결국 현재에도 미래에도 살지 못하고, 언제 끝날지도 모르는 이 일상을 온 힘을 다해 염려하고 말았다. 우리의 등을 떠밀었던 건 고작 우리였을지도 모르겠다.

머리를 대충 쓸어 넘기고 엄마는 출근했다. 개는 잠이 들었고 나는 찬물을 몇 잔 더 마셨다.

낭만 한 점

저녁 하늘에는 괜스레 많은 염원이 구름처럼 부풀어 오른다.

　구시월에도 눈이 내릴까, 상상하던 차에 여러 얼굴들이 떠올라 스쳤다. 저녁 하늘에는 괜스레 많은 염원이 구름처럼 부풀어 오른다. 겨울이 가까웠다. 겨울에는 탄식과 무의미, 비교와 질투가 뒤섞여 허공이 탁하다. 하얀 눈이 하얗게 내린다. 종종 우린 눈송이와 함께 삶의 앞길을 의심했고, 자유롭기 위해 한 해 자유를 포기했다. 한 해를 넘으며 조급함은 들썽거렸다. 겨울이다. 이제 심판의 순간이 온 것이다.

　나는 겨울이 무섭다. 겨울은 다짐과 비교의 계절이다. 누군가는 안도와 환호를 지르고, 누군가는 탄식과 절망의 소리를 모아 삼킨다. 한 해 동안 모인 감정들이 단단하게 뭉쳐 하늘로 치솟는다. 하늘이 울린다. 사람들의 염원이 부서져 내리는 것이 눈이 아닐까.

집집마다 소리 없는 비명이 메아리친다. 눈 굳은 길에 발걸음은 조심스럽다. 하고자 하는 일은 사무쳤고, 해야 할 일은 냉담하다. 얼어붙은 계절은 삶에 여백을 만들었고, 그 허전함은 봄의 볕으로 위로하기엔 턱없이 부족하기만 했다.

우리들의 염원은 아주 작고 갸륵한 것이었다. 내 주변 사람들은 그러했다. 단지 사람답게 살고, 사람 구실을 하면 그만이었다. 물론 그게 그토록 어려운 일이라는 건 성인이 되고도 한참 후에 알았다. 누구도 원대한 꿈을 희망하지 않았다. '꿈'이라는 단어가 이미 사치스러워진 게 얼마나 오래인가. 환상에서 깨어나 라면을 먹은 지가 몇 해인가. 벌써부터 하늘이 지고 있다. 야망은 갈채를 받기보다는 눈총을 산다.

지금은 9월인데, 이런 날 하늘이 뒤틀려버려 대뜸 눈이라도 내린다면. 그럼에도 우리가 땅을 보며 순순히 집으로 걸어 들어갈까. 불현듯 자욱한 상상을 해 본다. 예쁜 쓰레기 더미들 사이에서, 희미한 환영들 사이에서, 새하얀 시선과 따뜻한 읊조림 사이에서. 우리에게 별거 없는 낭만이라도 닿아 다시금 마법처럼 살아낼 힘이 차오른다면 얼마나 황홀할까.

물론 안다. 해를 거듭해 갈수록 '낭만'은 사라지고 있다. 이제는 완벽히 자취를 감추었다. 옆으로 치워둔 사이 가뭇없이 사라져 버렸다. 낭만이란 사치는 이제 너무도 시시하고 밥을 먹어주지 않아서, 교복과 함께 저 멀리 던져버렸다고 소리쳤다. 비관할 수 없는 사실이다.

그러나 돌아보면 나는 이따금 밥벌이와 전혀 상관이 없는 광경에서, 비단 망의 엷은 나풀거림을 보듯 넋이 나가버리는 경험을 종종 했었고, 나는 그것이 우리가 삶을 저어 가는 수많은 힘 가운데 하나일 거라고 생각하곤 했다. 아주 살포시 내려앉아 마음을 다독여 주리라 믿곤 했다.

생각이 감각으로 체험되면 믿음이 된다. 여전히 인생은 전혀 아름답지 않은 것들로 가득하지만, 어쩌다 가만히 멈춰 서서 터무니없이 시간을 낭비하는 찰나에, 놀라운 뒤틀림이 우릴 어루만지기도 한다고. 알고 보니 그게 별거였다고 사유하고 싶다. 현실을 외면하지 않되 가슴속에 낭만을 잃지 않으며 살고 싶다.

올해 내릴 눈은 허무에 절정을 맞이할까. 그지없이 아름다울까. 나는 잘 모르겠다. 다만 낭만을 믿는 마음이 마냥 무용하지는 않기를 기도한다. 타오르기를 포기하지 않은 불씨는 산들바람에도 옮겨붙을 것이다.

우리가 몸의 체온보다 조금 더 따뜻했으면 좋겠다. 최선을 다했다면 홀홀 털어버리고, 결정들이 모여 설원을 이루는 놀라움을 눈에 담아보고, 이 모든 게 꿈인 것같이 고달프다가도 별안간 오감이 고동치는 찰나를 생생히 살기를. 어떻게든 낭만이라도 팔아서 현실을 버티자 말하고 싶다. 나는 여전히 세상 어딘가의 아름다움을 믿는다. 그것 없이 살기에 삶은 너무 황량하지 않은가.

멋

내가 부릴 수 있는 유일한 허세와 오기는 오직 '꾸준함' 밖에 없다.

　종종 내 소개를 해야 할 때 "난 글 쓰는 사람입니다."라고 말한다. 글로 밥벌이를 하는 수준은 아니지만 내 정체성을 설명하기에 아직 그만한 말을 찾지 못했다. 어쨌거나 쓰는 것을 그만둘 생각도 없다. 그러면 열에 아홉의 입에선 멋있다! 라는 말이 반사적으로 나온다. 나는 그 말이 퍽 좋으면서도 섬뜩하게 들리곤 했다.

　멋이라니⋯⋯. 나는 속으로 고요하게 탄식한다. 물론 겉으로는 웃고 고개 숙여 감사를 표한다. 하기야 '글'이란 단어가 주는 왠지 모를 독특함과 지적인 느낌이 멋이라면 그럴 수 있겠지. 쓰는 사람들은 대부분 숨어 지내기 때문에 마주칠 일이 거의 없다(나는 그렇다). 흔하지 않은 어떤 대상에 호응할 수 있는 가장 좋은 단어는 아무래도 '멋'

인 듯하다. 나는 그 '멋'을 믿지 않는다.

겨우 평온하게 살고 싶었던 내게 '멋'이란 단어는 도무지 용납되지 않았다. 나는 소개와 동시에 사람들의 입에서 '멋'이라는 단어가 튀어나올 때마다 민망하기 짝이 없어 그 반사회적인 느낌에서 멀어지도록 안간힘을 쓴다. 멋있는 모습만큼 가볍고 덧없는 모양새가 또 어디 있을까. 나는 편안한 사람이고 싶었는데 사람들은 나를 자꾸만 진중하게 봤다.

멋에 관해 사유하면 머리가 간지럽다. 사람들은 누구나 멋을 가지고 있고, 각기 다른 자신만의 태가 있기 마련인데. 어째서 그것은 겉으로 드러날수록 수명이 짧은 듯 보이고. 안에서 무르익을수록 풍부해질까. 타인에게 어떻게 보이는가에 따라 자신의 가치가 결정되어지는 느낌을 받으면 나는 이골이 난다. 타인이 나에게 '멋'이라는 형식적 인사를 덧입힐 때, 내 의식은 그 멋을 믿지 않으면서도 자꾸만 그 기분 좋은 단어에 취하게 되는 듯했고. 나는 그 끄트머리 어딘가에서 괴리감에 몸부림치는 것이다. 남으로부터 만들어지는 나는 영원히 내가 될 수 없는 것. 나는 그것을 잘 안다. 그래서 나는 '멋있다'라는 인사말을 '창작하는 사람'으로서 가장 멀리하고 비관해야 하는 단어라고 생각했다. 나는 멋있어지는 순간 파멸할 것이다.

　삶에서 정말 중하고 어려운 건 무언가를 이루려 하는 것이고, 그러기 위해선 오랜 기간 멋있지 않게 살아야 응당하다. 무언가를 이루려 할 때 우리는 자신의 안으로 들어가야 하고, 그것에만 모든 신경을 쏟아내기에도 '이룸'은 간단치 않다.

　'이룸'은 남의 소리를 차단하는 것으로부터 출발할 것이다. '자기 객관화'라는 망망대해를 지나면서, 오롯이 스스로의 울림에 집중해야 하는 일이다. 무형의 가치를 유형화시키는 일에 정진하려면, 고독을 대수롭지 않게 받아들여야 하고, 고독을 하나의 재료로 활용해야 한다. 아무도 알아주지 않는 하루를 온 힘을 다해 사랑하고, 그 초라함을 자행하고, 더욱 깊이 파고드는 용기를 고대해야 한다.

　무언가를 이루고 스스로에게 자부심을 느끼게 될 때, 뿜어져 나오는 빛은 잔잔하고 농염하다. 그때 우리는 보이는 것 너머의 무언가를 보고, 그것이 우리를 파멸되지 않도록 지탱한다는 것을 안다. 나는 그 '지탱'을 멋이라 믿는다.

　나는 아직 내 생에 아무것도 이룬 게 없다. 고로 나는 실패자다. 보통의 평범함도 아니고 뭉클한 낭만파도 아니다. 내가 부릴 수 있는 유일한 허세와 오기는 오직 '꾸준함'밖에 없다. 나는 하릴없이 미흡한 사람이다. 언제 떠내려갈지 몰라 안절부절못해 하는, 나무 위에 매달린 새집 같은 것쯤 될 것이다. 하지만 나는 그것을 안다. 미세한 움직임을 안다. 조금씩 닳고 있음을 나름대로 가늠하며 어디가 끝인지 정말로 보고야 말 것이다. 오늘도 걸어 나간다. 이 지긋지긋한 박동을 느끼며. 어깨와 다리를 주물러가며. 쭉 도열해 누워있는 차가운 아스팔트 위로. 그것을 아는 나는 겨우 처참히 붕괴된 사람이 아니다.

반짝하고 사라지지 않을 멋을 위해 나는 살고 싶다. 한 시절 폭발한 뒤 오래도록 까맣게 남고 싶지 않다. 나에게 멋이란 게 있다면, 자발적 외톨이가 되는 것을 지향하는 태도일지도 모르겠다. 비단 삶에서 그러한 무모함마저 가질 수 없다면. 희미한 등불을 담을 눈의 여백이 없다면. 돈보다 영혼으로 기꺼이 가난할 수 없다면. 이것들은 모두 의미 없는 허무다. 그것 없이 무엇으로 이 삶이라는 덧없음에서 '덧있음'을 발견하고 믿을까.

나는 그저 내가 되고 싶을 뿐이다. 외에 다른 것은 모두 죽음과 다르지 않으리라.

못다 핀 꽃들의 정원

이윽고 몰입이라는 뭍으로, 못다 핀 꽃들의 정원으로,
천천히 걸어가는 나를 보았다.

살아가며 수많은 '기대'와 싸운다. 나를 키워낸 부모의
기대, 맺은 인연의 기대, 같이 나이 먹는 친구들의 기대, 나
자신이 본질적으로 희구하는 무엇까지. 어느 하나 귀중하
지 않을 수 없었다. '기대'는 거인이고, 나는 본래 같은 크
기였다가 조금씩 아이가 된다. 대응할수록 나는 불가피하
게 줄어든다. 책임은 매몰차게 늘어난다.

요즘 뭐 해, 라는 말에 몇 해 글을 쓰고 있다고 말했다.
몇몇 친구들과 가족들이었다. 나는 소득 없는 노동을 하
는 사람이었다. 나를 믿는 마음은 금방 바닥을 보였다. 부
끄러웠지만 숨을 곳이 없었다.

그들은 대부분 미소 지었다. 미소는 엷은 색으로 에워싸인 먼 풍경 같았다. 아직 공기가 축축하게 젖기 전, 건조한 상태일 때의 안개 같은 하얀 미소였다. 나를 향한 사람들의 기대가 아슬아슬하게 흔들리고 있음을 나는 외면할 수 없었다. 그들은 모두 지친 눈을 뜨고 있다. 눈동자들은 집 안과 밖으로 잠잠한 호수에 개구리알처럼 떠올라왔다. 눈의 세계가 버거웠다. 거울 앞에도 문득 같은 눈이 있었다.

피해의식은 병이다. 내 면역력은 때때로 텅 비어버린다. 아직도 그것의 원인은 모른다. 다만 아는 것은 피해의식이 수직으로 꽂히는 특성을 가졌다는 것이다. 그것이 나든, 남이든, 다른 무엇이든. '파고들다'라는 단어는 무서운 동사다.

나는 까짓것 해내고 싶었다. 모처럼 부응하고 싶었다. 물론 모든 사람들의 기대를 다 충족시키겠다는 허욕을 부린 건 아니었다. 최대한으로 나를 사용하되 나를 지키는 공간을 분명히 할 것. '한계'가 나타난다면 겸허히 수용할 것. 냉정하고 유연하게 증명할 것. 적어도 나를 바라보는 사람들의 눈에서 포근한 안정을 보고 싶었다. 맹세할 혀는 꿈틀대지 않아도 거듭 결심을 굳혔다. 그런데 그게 어디 쉽냐. 누군들 안 그러겠나. 기대감에 사로잡힐수록 '만족'은 그림자처럼 사라졌다. 사람들 앞에서 나는 영락없이 수그러들었다. 강박은 세분화되기 시작했다. 오늘도 어제와 같은 두통약을 먹었다.

어쩌면 우린 누구나 필연적으로 떠돌이가 되는 시절이 있나 보다. 긴 터널을 지나기 위해서라면 반드시 혼탁한 길을 지나야 하고, 그때 걸음과 제자리걸음의 구분은 모호할 테니까. 하지만 우린 묵묵히 나아가는 것 말고 다른 수를 배우지도 못했다. 그러니까, 그들 앞에서 떳떳하지 못할 세월이 누구에게나 있고, 그 세월을 어떻게든 거쳐 가기 위해 시시각각 의젓한 척해야 했으며, 이윽고 내면을 습격하는 설움까지 한가득 추슬러야 했다. 그것이 우리의 몫이었고, 간단해 보였던 일은 실로 여러 방면에서 가시가 돋아나기 일쑤였다. 나도 다르지 않았다. 시간이 흐를수록 나는 주위에 '안쓰러움'을 선물했다.

나는 남보다는 나를 먼저 기쁘게 하는 것으로 에너지를 얻는 사람이다. 그 힘을 다시 남에게 할애함으로 행복을 발견한다. 그래서 나는 때때로 과부하에 걸린다. 태연함을 가장한 자존이 쉼 없이 몸부림치고, 마음은 도리어 누군가의 격려나 위로를 갈망하는 방향으로 뻗어나갔다.

과연 우리는 언제까지 의젓해야 할까. 그 모든 염원 앞에서 눈치를 안 보기 위해서라면 얼마나 더 외로워야 하는 걸까. 오늘도 사람들이 거리를 걸어 다닌다. 발걸음 소리가 너무 우렁차다.

　나를 향한 누군가의 기대감은, 때때로 역경을 이겨내는 원동력이 되기도 하지만, 그것이 부정적으로 자라났을 때는 기대에 의한 중압감을 이기지 못하고 스스로 추락해 버리는 비극을 자초하곤 했다. 나는 세상일이 결코 내 뜻대로 이루어질 수 없다는 극히 자연스러운 사실 앞에서 좌절했고, 아이러니하게도 나는 그때 나 아닌 누군가를 안심시켰다.

　이 기대가 겁이 될지 용기가 될지 나는 모르겠다. 다만 가장 독한 힘으로 일어나 걷는다. 길가에 무수히 쏟아진 낙화를 본다. 꺼지지 않는 불빛, 질질 끌리듯 지나는 다리를 본다. 나는 우선 나를 아껴주기로 했다. 종식을 고하자 그것들은 사라져 버렸다. 이윽고 몰입이라는 뭍으로, 못다 핀 꽃들의 정원으로, 천천히 걸어가는 나를 보았다.

뜻밖의 연대

우리 이렇게 살아서 서로의 이야기를 시작하는 것으로,
새롭게 나타날 각자를 환영할 수 있음을.

1

어떤 불행은 불행으로 기능하고서 끝을 맺지 않는다. 죽기 전까지의 모든 것은 결과가 아니라 현상이나 상태일 뿐이다. 모든 결과에는 운이 따른다. 실패는 악운으로 결정되지 않는다. 실패는 선택에 의해 결정된다. 벌어진 실패 다음, '그다음'이 이어진다. 언제나 그 이후가 삶을 만들어왔다.

2

불행은 뜻밖의 상처를 입히기도 한다. 상처는 오래 남아 잠식하고, 잠식은 통증을 유발한다. 통증은 나를 겁먹

게 한다. 다시 한번, 이라고 말할 때 통증이 떠올라 나는 멈칫한다. 고통을 어떻게 치유할지 몰라 마냥 아파하기만 하던 과거의 내가 지금의 나를 가만히, 그냥 가만히 있으라고 한다. 그는 할 수 있다고도, 할 수 없다고도 말하지 않는다. 그렇게 내버려 두기만 한다. 어떤 함정 같은 것이 입을 쩍 벌리고 있었다.

3

그러나 그 어떤 통증도 시간이 지나면 굳은살을 남긴다. 굳은살이란 얼마나 위대하고 찬란한 태세인가. 피부 스스로가 '버틸 수 있는 몸'을 만든다는 것 말이다. 튼튼한 보루처럼 살이 단단해지는 것을 눈으로 확인할 때 나는 확신에 찬 안정을 느낀다. 그래, 어쨌거나 굳은살이 무심히 일 것이고, 다만 그동안의 시간을 잘 지내는 방법을 연구하면 그뿐인 것이다. 나의 과정을 아는 사람은 '나'뿐이다. 단지 그게 전부다. 특별히 억울하고 처량할 것도 없다.

4

누구도 당신을 모른다. 매정하게도 그렇다. 당신이 가장 믿는 누구도, 당신을 낳은 누구도, 아니 어쩌면 삶에서 당신을 거친 그 아무도 당신을 모른다. 사람들은 결국 당신을 보고 싶은 모양으로 정해두고, 딱 그만큼만 볼 것이다. 아무도 당신의 온전한 정체를 알지 못한다.

5

나도 당신의 고통을 모른다. 어렴풋하게 느낄 수는 있지만 그게 전부다. 나의 '어렴풋함'은 기억의 편린으로 가능하다. 물론 그마저도 같다고 말할 수 없다. 고통의 무게는 동일하지 않다. 당신의 속이 얼마나 쓰렸는지. 얼마나 발을 동동 굴렀는지. 터져 나오는 더운 숨을 얼마나 꿀떡꿀떡 넘기곤 했는지. 아무도 알아주지 않는 하루를 꾹꾹 눌러 담아가곤 했는지. '있는 그대로'의 자신으로 살기란 얼마나 지난한 일인지. 이따금 누군가의 입에서 흘러나온 '있는 그대로의 모습'이란 말에 민망스러워져 숨었는지. 이따금 그 말은 참으로 한가로운 자들의 실언처럼 들리는지. 그래서 어느 날은 괜스레 당신을 부풀리기도 했는지. 그 모든 모습에 동떨어진 간극의 초라함을 아는 당신은 그때 조금 그늘져 있지 않았는지. 오늘도 하루를 시작하는 태엽을 감고, 중간중간 몇 번 더 조이곤 했는지.

6

나는 당신을 모르지만 감히 말할 수는 있다. 세상 어딘가에서 삶을 살아가는 사람으로서. 혹시 실례가 될까 조심하면서도 불행의 절반을 말할 수 있고. 비슷한 불행의 절반을 말함으로, 반 뼘의 얼룩을 닦아갈 수 있음을. 우리 이렇게 살아서 서로의 이야기를 시작하는 것으로, 새롭게 나타날 각자를 환영할 수 있음을. 존재함 그 자체를 잊지 않음으로, 잠깐의 가벼움을 나눌 수 있을 것임을. 우리는 여태 서로를 모르고 살아왔지만, 서로를 잇는 마음은 끝이 없음을.

기침 소리

마침내 우리는 빛이 뻗는 쪽으로 고개를 내밀고,
마른기침을 이어가며 단단하게 여무는 날을 고대하겠지만.

　　윗집 아저씨는 새벽 3시부터 4시까지 기침과 구역질을
한다. 내 방은 옆집과 밀접해 있어서 사람들의 소리가 다
소 크게 들린다. 간간이 쿵쿵대는 소리나 짧은 대화 소리
도 들린다. 기침 소리가 들린 것은 몇 개월 전이었다. 옆
집에는 아저씨가 살지 않음으로 울림은 윗집에서 일어나
는 일임을 유추했다.

　　처음에는 웬 사람이 술에 취해 토악질을 하나 생각했는
데, 평일이고 주말이고 상관없이 규칙적으로 들려왔다. 나
는 언제부턴가 그 소리에 의심 아닌 관심을 기울이고 있었
다. 소리는 딱 새벽 3시부터 4시까지만 울렸다. 거짓말처

럼 그 이상은 들리지 않았다. 쥐 죽은 듯 조용했다.

사람 목청은 참 여러 가지 소리를 낸다. 사랑의 소리가 있다면 당연히 고통의 소리도 있다. 나는 사람의 우는 소리보다 기침 소리가 그렇게도 고통스럽게 들린다는 것을 그때 알았다. 나를 한없이 무력하게 만들기 때문이다. 그것은 사람이 사람으로 존재하는 한, 누군가의 고통과 회복에 끝끝내 아무런 개입도 하지 못한다는 사실이었다.

그날의 기침 소리는 살아가기 위한 몸부림이었다. 어디 묻혀 있다가 조금 전에 겨우 나온 사람처럼. 그의 목청은 갈라진 흙길을 연상케 했다. 아마 잠에서 깨어나 낸 첫 음성이었을 것이다. 잠결에 흡입한 해로운 이물질과 세균, 먼지 같은 것들이 뇌를 흔들어 깨운다. 그것을 배출하고 기도 확보를 하지 않으면 위험하다. 기침은 훌륭한 몸의 방어이지만 고통의 재출발이기도 하다. 독기가 빠져 무해한 것이 되면서도 쓰라린 울림을 새롭게 재현한다. 뿜어져 나오는 숨을 알아차림과 동시에 통증을 어떻게 다뤄낼지 결정한다. 어딘가 무뎌지기 전까지 그것은 반복된다.
자신을 살리기 위한 길이 자신을 해칠 수밖에 없다면, 기어이 그 길을 받아들이겠노라고, 소리는 비밀스럽게 말하고 있었다. 저마다의 비애는 은밀한 진행을 멈추지 않왔다.

　사는 일은 어쩌면 나날이 깎여나가는 과정일지도 모른다. 누군가는 기침을 얻고, 누군가는 병을 얻을 것이다. 생은 어느 방면에서 반드시 흔적을 남긴다. 그것에서 온전히 안전하기란 불가능하다. 한 시간의 기침이 자신을 살리는 유일한 방도임을 알아차리는 날이 반드시 온다.

　나는 아저씨가 기침을 하면서 자신이 필멸의 존재라는 것을 자각했을까 생각했고, 곧 흔들리는 손으로 '합'하며 식도로 떨어트릴 둥근 알약들을 상상했다. 연한 부분은 때를 가리지 않고 상한다. 연한 부분이 바깥으로 드러날 때, 삶은 그곳에서 다시 시작된다.

　멍청하게 누워있는데 문득 소리가 멈춘다. 새벽이 얼추 지났고, 지평선 너머로는 새로운 빛이 넘실거리고 있었다. 나는 문득 빛이 미워 커튼을 친다. 마침내 우리는 빛이 뻗는 쪽으로 고개를 내밀고, 마른기침을 이어가며 단단하게 여무는 날을 고대하겠지만. 기침만 하기에 한 시간은 너무 길다.

뛰는 할머니

저물어가는 생이 이따금 찬란한 까닭은,
나이를 권리라고 생각하지 않는 품격 때문일 것이다.

늦은 오후에 잠에서 깼다. 집안에는 인기척 하나 없었다. 모두 일찍 볼일을 보러 나간 모양이었다. 배가 고팠다. 대충 넣고 끓여 먹을 게 있나 찾으러 부엌으로 갔다. 빈 가스레인지가 나를 반겼다. 그날따라 온 집안이 깨끗하다 못해 공허해 보였다. 전날에 청소를 했었는데, 너무 과한 청소가 도리어 사람의 흔적까지 쓸어간 듯했다. 편안함이란 그랬다. 적당히 때가 서렸으나 거북할 정도로 더럽지 않은 어느 지점에서 연유하는 듯했다.

기대 없이 냉장고를 열었다. 아주 간단하게라도 먹을 재료가 없다. 라면도 없는 선반에는 은근한 적요가 감돌았다. 배달 음식을 시킬까 했지만 왜인지 꺼려졌다. 기다리는 시간이 아깝기도 했다. 나는 주로 한식과 일식을 선호하는데, 배달로 먹는 한식은 대체로 실망스럽다. 가루를 넣어 끓인 음식 같이 느껴진다. 입 속에서 재료가 부서지는 기분이다. 무릇 한식은 저마다의 집안 손맛에서 벗어날 수 없는 하나의 정서로 자리 잡아서, 같은 재료와 같은 계량으로도 다른 맛을 내는 신비로운 음식인 것 같다. 집밥은 세월과 애환이 낳은 소산일 것이다.

일식은 혼자 먹기에는 어딘가 호화스럽거나 특유의 고적함을 풍긴다. 일식은 '한 그릇'으로 달랑 나온다. 일식에서 반찬은 사치다. 기껏해야 깍두기나 단무지 정도다. 깍두기나 단무지는 반찬이라기보다는, 반찬을 보조하는 초라한 비정규직처럼 보인다. 일식을 먹으면 얼마 뒤에 다시 배가 고프다. 지당한 일이다.

지금은 팔아서 없지만 그 당시에 나는 차를 타고 다녔다. 문득 종종 먹는 육개장을 포장해 와야겠다고 생각했다. 육개장집은 걸어가기에는 멀고 차로 가면 가깝다. 노부부가 운영하는 관계로 배달은 하지 않는다. 직접 방문으로 포장을 해오거나 앉아서 먹는 것 말고는 수가 없다. 그렇게까지 이곳을 가는 이유는 간단하다. 맛있다. 음식은 맛만 있으면 어떠한 불편함도 감수하기 마련이다.

국물이 적당히 칼칼하고 맵다. 국물이 맑지 않고 적잖이 녹진해 건더기에도 국물 맛이 저릿하게 배어 있다. 건더기를 씹어도 국물을 마시는 기분이다. 아마 닭고기 육수를 사용하는 듯하다고 엄마는 말했었다. 재료가 무엇인지 느껴지는 국물은 빠르게 뱃속을 든든하게 해 주었다. 상상을 했더니 식욕이 흘러나왔다. 이미 다른 음식은 안중에도 없었다.

그 해 계절은 여름이었다. 그날따라 눈 뜨기가 버거울 정도로 유독 빛이 밝았다. 차를 괜히 끌고 나왔나 싶었다. 햇발은 노랗다 못해 하얗기까지 했다. 도무지 운전을 할 수가 없었다. 되는대로 머리 위에 거울을 가림막 삼았다. 동시에 앞을 보기 위해 허리를 숙인 우스꽝스러운 자세가 됐다. 복잡하지는 않은 길이었기에 위험하지는 않았지만 괜한 후회가 밀려왔다. 하필이면 왜 차를 끌고 나와서 이 난리를 치는지. 육개장은 이미 맛없어지고 있었다.

어느 학교 앞 횡단보도 앞에 서서 신호를 기다리고 있었다. 땅에는 아지랑이가 무언가를 익힐 기세로 기어오르고 있었다. 빛을 고사하고 더위도 말이 아니었다. 차 시동을 걸자마자 짜증 묻은 손가락으로 에어컨 스위치를 눌러야 할 정도였다. 그 더운 날에 걷는 사람들이 안쓰러워 보이기까지 했다.

그때 횡단보도에서 거의 자기 키 높이만 한 수레를 끌고, 짐을 잔뜩 실은 채 오는 할머니가 보였다. 끄는 수레에 가속이 붙어 도리어 할머니를 밀어내는 듯했다. 할머니는 횡단보도에 가만히 서 있는 게 더 기진할 거라고 판단한 건지, 나를 기다리지 않게끔 하려던 건지, 초록 불이 깜빡거리자 천천히 달리기 시작했다. 아이고 할머니, 천천히 걸어오셔도 되는데……. 나는 속으로 중얼댔다. 빨간불이 켜지기 직전에 할머니는 가까스로 횡단보도에 발을 들였다. 나는 브레이크 페달을 더 무겁게 밟았다.

뒤에서 상황도 눈치도 모르는 사람들이 그새를 못 참고 경적을 울렸다. 경적의 채근에 할머니는 더 서둘렀다. 서두름은 위태로웠다. 그때 할머니는 왠지 더 조그맣게 보였다. 할머니는 왜소했으므로 뒤차에서는 보이지 않았을 것이다. 나는 경적 소리에 가없는 환멸을 느끼고 있었다. 그때, 횡단보도 중반쯤에 이르러, 잠시 놀라운 정경이 펼쳐졌다. 할머니가 내 차에다 대고 '꾸벅' 인사를 하며 지나간 것이었다. 할머니는 분명히 나와 눈이 마주쳤고, 그 눈에는 세월의 슬픔이 빛나고 있었다. 할머니는 기다리게 해서 미안합니다, 라고 말하며 지나갔다. 못 해도 자신보다 50년 이상은 어린 사람에게 인사를 하는, 짐을 한가득 실은 수레를 끌고 뛰는 할머니의 면목에 가슴 깊은 곳에서 어떤 감격과 부끄러움을 느꼈다.

나는 노인의 묵례에 대해 생각했다. 그 마음속에는 무엇이 작동되고 있을까. 저물어가는 생이 이따금 찬란한 까닭은, 나이를 권리라고 생각하지 않는 품격 때문일 것이다. 얼핏 보기에 그 수레에는 야채와 쌀이 한가득했다. 나는 문득 그 할머니가 지은 밥을 먹고 싶다고 생각했다.

새 빛

비로소 멀지 않은 곳에 평정은 늘 그렇게 있을 것이다.

해는 살아나는 생명처럼 떴다. 진눈깨비와 눈으로 내내 엷게 검거나 서늘하게 푸른, 때로는 잿더미 같은 색을 구사하던 하늘에서 내리쬐는 볕의 기운은 지나온 기억까지 녹여낸다. 바닥에 비누를 문질러놓은 듯한 거리를 아슬아슬하게 지나온 밤에 골목은 홀연히 수그러들고, 새싹 같은 빛을 받은 길에서는 새로운 시간이 자라난다. 지평선 너머로 연노랑 일광이 넘실거리며 다가오고, 나는 혼곤한 정신머리를 정돈한다. 철판 같은 커튼을 걷어내 돌돌 말아 넣었다. 별안간 봄의 농도를 닮은 거리가 아담하게 펼쳐져 있었고, 나는 갑자기 가뿐하다 못해 명랑하기까지 해서 이상했다. 기분 좋은 이상함이었다.

정신이 맑은 오후에는 지나가는 모든 장면이 선명해 보인다. 조각구름의 하얀 허무가 괜스레 포근했다. 나무들은 저마다의 존재를 남에게 기대지 않으면서도 수풀이라는 공동체를 이루고 있다. 세상의 모든 쓸쓸함을 집약해 놓은 듯한 나뭇가지들은 햇발 몇 점에 초록을 움트고 있다. 몇 주 전날 밤의 그것은, 그 영원할 듯할 섬약함은 도대체 무엇이었을까. 아무렴 상관없지 않을까 생각한다. 지금 내 눈앞에 있는 저것은 아름답고, 다만 그것으로 풍요롭기 그지없다.

정신은 마음으로 온연한 길을 냈다. 마음이 몸에 영향을 끼친다는 의견은 이따금 진실 같다. 정신에 숨을 불어넣는 볕에 나는 감사한다. 이런 낮이라면 영영 계속되어도 좋을 것 같다. 빛이 내린다는 것은 그런대로의 절망을 가져오면서도, 저마다의 정신에 온기를 수놓아 겨우 미치지 않고 살게 했을 것이다. 빛이 투과되고 남은 사소한 시선에 나는 살아있음을 감응하고, 그것이 기쁨으로 약동할 때 눈은 도수의 한계를 가볍게 가로지른다. 무엇을 또렷하고 선명하게 보아야 비로소 보았다는 의식의 착각에서 나는 자유로웠다.

아직은 어떤 평화가 내 곁에서 완전히 소멸하지는 않았

구나 싶다. 비로소 멀지 않은 곳에 평정은 늘 그렇게 있을 것이다. 그 빛의 온기로 다시 어떤 괴로움을 버텨내면 된다고, 빠르게 마른 빨랫감은 말하는 듯했다. 나는 그 옷을 입고서 할 일을 했다.

( )

잃어버린 빛깔

나

어쩌면 우리는

어릴 적 겪은 불행이나 결핍

어떤 정서적 충격이 그 뿌리가 되어

어딘가에서 반드시 나를 잃어버려야 하고

쉬이 안녕하지 못하고

순식간에 생겨나는 일로 많이 아프고

불가피하게 초라하고

그러나 불행인지 다행인지

어떤 감정도 영원하지 못하고 지나게 마련이고

더디게 제자리를 찾아가며 다시 새롭게

치명적으로 새삼스럽게

영원토록 결핍의 노예로 사는 게 아닐까 하는 생각

청소년

두 발이 붕 뜬 것 같은 기분들.

무지막지한 반항의 시간들.

해결할 길 없는 충동들.

스스로를 자주 해쳤던 감정들.

통과해야만 했던 낯선 고통들.

소리 내어 쾅 닫았던 방문들.

차라리 모두가 사라지기를 빌던 밤들.

쓸데없이 숨겼던 생각들.

끝끝내 죽어버린 고백들.

위악, 비밀들.

그것들은 알려주었다.

일찍이 나는 아무것도 아니었다.

애늙은이

나는 엄마에게 명랑하고 천진난만한 아들이고 싶었다.

나는 학교에 적응하지 못하는 아이였다. 우선 왜 학교에 다녀야 하는지를 이해할 수 없었다. 일찍이 공부와 내 삶은 거리가 멀다는 것을 알고 있었다. 공부해서 성공하지 못할 것이고, 공부로 밥벌이를 하지 못할 것 같았다. 무엇보다 학문으로 다져나가는 인생은 따분하고 심지어는 불쌍하다고까지 여겨졌다. 학생의 의무 같은 건 애당초 관심 밖이었다. 학교는 내게 그저 자유를 통제하는 공간일 뿐이었다.

나는 책에서 수백 가지의 꽃 그림을 보는 게 부질없는 행위라고 느꼈다. 그럴 시간에 당장 운동장으로 나가 흙을 만지고 꽃 냄새를 맡는 게 유용할 거라고, 모든 배움은 감각으로써 완전한 것이라고 생각했다. 하지만 내가 배우는 것은 모조리 개념적인 것들이었다. 나는 사물의 개념, 언어의 개념, 만물의 개념을 배웠다. 이 무슨 부질없는 개념인가, 하고 생각할 무렵, 불현듯 내 인생이 어떻게 될지는 모르겠지만 막연히 공부를 하며 살지는 않으리라고 확신했다.

선생님들은 다분히 열정을 가진 사람들이었지만, 그들의 노력에도 불구하고 내 머릿속에는 지금 이게 다 무슨 소용일까, 하는 회의가 지배적으로 들었을 뿐이었다. 칠판을 보는 것만으로도 따분했고, 교실 한가득 사람들과 옹기종기 모여 있어야 한다는 사실은 끔찍했다.

나는 공부에 반항을 일으켰다. 나는 손아귀 힘을 빼고 부드럽게 연필을 쥐는 법을 몰랐고, 발표하는 목청의 힘과 용기 또한 몰랐으며, 어깨에 긴장을 올려두지 않고 책상에 앉아있는 평정을 몰랐다. 그때부터는 이미 어른들이 습관처럼 말하는, '학교는 공부하러 가는 곳'이라는 명제는 내 안에서 남김없이 사라지고 없었다. 학교 정문의 질감은 차갑고 녹슨 쇠창살을 연상시켰다. 사람들은 다들 즐거운 일이라도 있는 양 웃고 있었다. 나는 그들의 웃음을 이해하지 못했다. 지금 이게 뭐가 즐겁다는 거야?

학교에 입학하고 몇 개월이 지난 후부터, 나는 줄곧 그저 갇혀있다는 것. 자유를 박탈당했다는 마음밖에는 들지 않았다. 물론 그 말에는 설득력이 없어서 입 밖으로 내지는 못했다. 나는 그저 '자랑스러운' 대한민국 학생이었다. 나는 기어이 자랑스러워지려 했다. 나는 공기처럼 등교했다. 선생님이 그런 나를 반겼다.

내가 가장 질색했던 축제는 운동회였다. 운동회가 개최된다고 하는 통지문이 복도 어귀에 붙은 날부터, 나는 내가 갑자기 하늘로 솟아버리거나 진땀이 나도록 아파서 합법적으로 학교에 못 가게 되기를 정말 절실히 바랐다. 물론 나의 소원은 6년 내내 이루어지지 못했다. 학교 운동장에 발을 내딛는 순간 나는 시퍼렇게 창백해졌다.

운동회에서 하는 행위들은 뻔했다. 달리기나 줄다리기, 축구나 단체줄넘기, 종양처럼 거대한 박 터트리기, 어영부영 어른들을 참가시키려는 의도가 훤히 드러나는 놀이들, 들뜬 모습이 어색한 선생님, 너무 많은 사람들. 나는 그 광경이 너무도 거북하여 총알처럼 달아나고 싶었다. 그 모습들은 기이했다. 운동회는 나에게 결코 놀이가 아니었고 곤혹스러운 무대에 가까웠다. 사람들의 응원 소리는 칼날 같았다. 심장이 찢어질 것처럼 두근거렸고, 나는 수많은 '눈'들이 나를 쏘아보고 있음을 느껴 일순 얼어붙었다. 그것은 물론 환영이었다. 실지로 사람들은 나를 쳐다보지 않았을 것이다. 그러나 이미 환영과 실체의 경계는 모호했다. 나는 운동회라는 축제에 전혀 어울릴 수 없는 사람이었으나, 그런 것은 티끌도 중요하지 않았다.

나는 학교에 귀속된 한 명의 일원으로서 축제에 성실히 참여했다. 놀이인지 임무인지 모를 행위를 해결하고, 주로 돌담에 앉아 시간을 보냈다. 나는 제발 엄마가 오기 전에어서 빨리 이 요망한 시간이 끝나기를 목놓아 빌곤 했다. 나는 어둠침침하게 앉아 있는 나를 엄마에게 보일 수 없었다. 더욱이 함께 무대로 나가 무언가를 한다는 것은 상상도 못 할 일이었다. 나는 엄마에게 명랑하고 천진난만한 아들이고 싶었다. 엄마에게만은 그랬다. 나의 어두운 이면과 설득력 없는 실체를 설명하기에 나는 어렸고, 그것은 그저 반항에 지나지 않을 것이었다.

실제로 엄마는 바빠서 잘 오지 못했다. 나는 내심 환호했다. 그런데 어쩌다 엄마의 그림자가 파란 천막 아래 아른거릴 때가 있었다. 나는 도망쳤다.

나는 엄마에게게만은 소위 '애들'의 태를 물씬 풍기려 했다. 그것이 내가 엄마에게 당시에 할 수 있는 '자랑스러움'이며 최선임을 알았기 때문이다. 학교가 싫다는 이유 따윈 그때부터 중요하지도 않았다. 엄마에게 나는 삶의 이유였고, 가벼운 여유로움의 근원이었다. 그런 내가 그늘진 얼굴을 보이는 것은 필경 안 될 일이었다.

명랑해지려면 어떻게 해야 할까. 우선 몸을 써야 했다. 교실에나 한번, 화장실에나 한번, 우유 팩이 산처럼 쌓인 쓰레기장에나 한번. 이곳저곳을 오간 후에 나는 가까스로 엄마를 맞이했다. 얼굴에 옅은 홍조가 끼이는 순간 성공이었다. 헐레벌떡 뛰어다니는 나를 보고 엄마는 "어딜 그렇게 뛰어다녔어?"라고 했고, 나는 신나는 일이 있었다고 말했다.

나는 활기 넘치는 친구들이 부러웠고 질투가 났다. 언젠가 면밀히 그들을 살폈지만 결국에는 털끝만큼도 닮을 수 없었다. 선생님이 나보고 '애늙은이'라는 칭호를 붙여주었다. 나는 끝내 졸업식에서도 내가 왜 학생이어야 하는지를 이해하지 못했다.

급식실에서

지금, 나, 우리가, 여기서 살아있다고.

　참아가며 다니던 학교생활은 계속된다. 점심시간은 두려움의 극이었다. 한 테이블에 여러 사람이 앉아야 한다는 것, 함께 말을 섞어야 한다는 것, 말을 짜내야 한다는 것, 그러면서도 천연덕스럽게 밥을 먹어야 한다는 것. 식판에 밥을 받기도 전에 속이 울렁거린다. 앞으로 벌어질 몇몇 형상들이 미리 그려졌다.

　나는 누구와도 함께 밥을 먹고 싶지 않았다. 밥상이란 공간은 자연스러운 어울림의 광장이 되기도 했지만, 일순간 형식의 곤혹스러움과 더불어 처세와 가식의 노동 현장으로 변모하기도 했다. 나는 주로 선생님 앞에 앉아 밥을 먹었다.

선생님이 먹는 밥과 그 움직임은 휘적휘적 우람하면서도 어딘가 불쌍해 보였다. 갈증 난 땅처럼 건조했고 푹 삶은 시금치 같기도 했다. 어른들은 하나같이 다른 얼굴로 돌아다니면서 밥은 죄다 비슷하게 먹었다. 어른의 밥은 경박스럽거나 지저분하지 않았다. 그들은 나와 다른 생물이었다. 나는 그들이 되고 싶었다.

하루는 선생님이 선포했다. "급식을 다 먹은 후에 담임 선생님에게 검사받으러 오세요."라고. 대부분 귀찮아했고 몇몇은 수긍했다. 선생님은 편식을 지도하기 위함과 한 명 한 명 밥을 얼마나 먹었나 체크하고, 마지막으로 우리의 얼굴을 보고 싶어서라고 말했다. 나는 절망했다. 나에게 선생님의 선포는 이행하기 버거운 임무였다.

우선 내 의지로 손수 식판을 들고 선생님 앞에 설 것. 그 식판에 잔반은 없어야 할 것. 설혹 밥을 남긴다면 엄벌에 처하게 될 것. 그것으로 하여금 태도를 지적당하고, 황량하게 넓은 급식실 한복판에서 몇 년 같은 몇 분의 치욕을 똑똑이 느끼게 될 것. 그런 자에게 쉬는 시간은 줄어들 것.

그것은 목구멍으로 넘기지 않은 음식에 대한 처벌일까. 필시 음식의 가치를 지엄하게 깨우치라는 교육일까. 나는 '검사'라는 단어가 정말 너무너무 싫었다. 도대체 왜 검사를 받아야 한다는 것인가. '검사'는 그 자체로 자유를 억압하는 단어처럼 들렸다. 나는 곧바로 묘수를 떠올려냈다. 나는 그런 꾀에 재능이 있다.

나의 묘수는 '선생님보다 밥을 늦게 먹는 것'이었다. 선생님이 아무리 선생님이라도 자기 식사를 마친 뒤에도 검사를 요구하지는 않으리라. 약간의 주의만 줄 뿐이고, 남은 음식을 강제로 먹이지는 않으리라. 학교가 군대도 아니고 말이다(당시 군대에서 음식을 강제로 먹인다는 괴담을 들은 적 있다). 다만 점심시간이 조금 줄어들 뿐이었다. 나쁘지 않은 교환이라 생각했다. 어차피 점심시간은 일종의 정신적 방랑기나 다름없었으니까.

나는 온 힘을 다해 밥을 천천히 먹기 시작했다. 선생님은 밥을 다 먹은 후에 우리를 흘긋 살피고, 출구로 걸어갔다. 예상대로였다.

그날부터 나는 항상 선생님이 밥을 다 먹기까지 뱁새눈을 뜨고 기다렸다. 나를 감시하는 눈이 사라지기까지 기다리면서 숨도 쉬지 않았다. 선생님이 나가면 잔반을 버렸다. 나는 그 스릴을 점심시간에 낙으로 삼았다.

　그러던 어느 날 선생님이 말을 걸어왔다. "대훈이는 양파를 싫어하는구나?" 입술이 파르르 떨렸다. 식판 위에 놓인 투명한 양파에 내 얼굴이 비치는 듯했다. 나는 곧바로 양파로 하여금 선생님이 나를 감시한다는 사실을 알아차렸다. 그것이 관심이든 감시든, 나는 선생님과 눈을 마주친 순간 사람의 눈이 그토록 인자하면서도 공포스러울 수 있다는 것을 처음 알았다.

　나는 양파를 입안에 집어넣었다. 마초적으로 양파를 꽉꽉 씹을 용기는 나지 않아서 어금니로 천천히 양파를 짓이겼다. 양파의 흐물거림과 알싸함은 역했다. 보이기에 투명했지만 분명한 무엇인가 씹혔다. 생전 처음 느껴보는 감촉에 뇌가 반응한 듯 갑자기 위장이 꼬이는 듯했다. 구역질을 가까스로 제어하면서 물과 함께 그것을 꿀떡 삼켰다. 내가 양파를 먹는 건지, 양파가 나를 먹는 건지 알 수 없었다.

　그날 나는 양파를 삼킨 게 아니었다. 내가 삼킨 것은 처세였다. 그런데 양파를 넘긴 다음 놀라운 일이 벌어졌다. 선생님이 나를 안아준 것이었다. 간단한 포옹이었지만 그

순간은 강렬했다. 그것은 바깥으로부터 건너온 감정이 아니었다. 잠시 세상이 멈춘 듯했다. 가족 아닌 사람과의 포옹은 처음이었다.

그 뒤로 나는 선생님에게 예쁨을 받고 싶어서. 아니 그 세상이 멈추는 것 같은 격렬한 고요와 사랑을 느끼고 싶어서, 그 어떤 음식도 남김없이 싹싹 먹어 치우곤 했다. 양파가 더는 역하지 않았다. 식판이 말끔히 비워진 나에게 선생님은 웃는 얼굴을 보여주거나 칭찬 스티커를 붙여주었고, 머리를 쓰다듬거나, 포옹을 해주었다. 포옹을 받는 점심마다 나는 황홀 가득한 눈빛으로 잔뜩 명랑했다.

그때 나는 사람을 안는다는 게 단순히 몸뚱이를 맞대고 있는 것이 아니라. 지금, 나, 우리가, 여기서 살아있다고. 그 누구도 세상 어딘가에 소속될 수 있으며, 그것으로 연대와 사랑의 감정을 느낄 수 있음을 말하는 가장 확실한 근거의 동작이라고 생각했다.

서로의 온기를 나눠 가질 수 있는 작은 기적. 가슴과 가슴이 닿는 찰나에 느껴지는 심장의 움직임은 단어나 문장으로 설명될 수 없는 것. 그러나 분명히 존재하는 아름다움이다. 등 뒤로 전혀 다른 삶을 살아온 사람의 팔이 닿아 토닥였고, 그것은 내게 생을 통째로 뒤흔들 만큼의 충격이었다. 그 뒤로 나는 누군가와 포옹하는 순간 갑자기 어쩔 줄 몰라 하며 저릿한 가슴에 손을 올려보곤 했다.

어른

어른은 너무 많거나 어디에도 없었다.

학창 시절 내내 나는 어른들을 궁금해했다. 얼추 열 살 무렵에 이 같은 속내가 슬며시 떠올랐다. 덜 자란 심장을 가진 당시 어른이란 족속은 관찰하기 좋은 대상이었다. 그들은 하나같이 괴이하고 궁금해서 나를 자꾸만 안달하게 했다. 나는 엉큼한 구석이 있다.

단체생활은 그야말로 아비지옥이었다. 반 친구들과 뭐라고 말을 섞어야 하는지 도통 알 수 없었다. 일찌감치 교우에 재능이 없는 아이. 뛰노는 일은 질색이고 주로 앉아서 꼼지락거리는 아이. 누군가 말을 걸면 작은 목소리로 느리게 대답하는 아이. 유머나 천진함과는 상극인 아이.

조금 징그러운 아이. 그게 나였다. 학교에서 나는 주로 도서관에 틀어박혀서 만화책을 읽었다.

나는 왜 친구를 사귀어야 하는지 이해하지 못했다. 억지로 왜 친구를 만들어야 하지? 칠판에 적힌 '새로운 친구를 사귀어 보자!'라는 문구가 싫었다.

물론 아주 외톨이는 아니었다. 무척 가까웠던 한 명이 있었는데, 그는 3학년 무렵 돌연 이민을 떠나버렸다. 성은 C였다. 그가 떠나는 날, 그의 동네에서 그가 오른 자동차의 그림자가 저만치 사라질 때까지 연거푸 손을 흔들었던 기억이 난다. 이후로는 오는 사람은 경계했고 가는 사람은 그냥 두었다. 이상하게 편했다. 덕분에 그때의 기억은 어른들로 가득 차 있다. 학교, 학원, 태권도장, 집, 가게 등의 공간에서 나는 어른들과 가장 밀접해 있었다. 그들과 거리가 가까워질수록 나는 어른이라는 환상에서 쉽사리 헤어나오지 못했고, 언젠가부터 어른이 되는 게 무엇일까? 라는 물음이 내면 깊숙한 곳에 자리매김했다.

그들은 언제나 나를 내려다보았다. 밑에서 올려다본 그들의 눈은 폭포에 깎여나간 돌처럼 가늘고 길었다. 보통 따뜻했고 간혹 싸늘했다. 구태여 온화한 눈빛을 바란 것은 아니었지만 차갑고 무서운 눈이었다. 선생님이나 사부

님은 번번이 서슬 퍼런 눈을 뜬다. 그 눈빛에 나는 일순간 얼어붙는다. 우렁찬 소리나 말이 아니라 시퍼렇고 날카로운 눈빛이 사람을 꿈쩍 않게 한다는 것을 나는 그때 알았다. 나는 그 눈빛에 경도되었다.

그들의 목은 굵고 손은 너무 커서 흡사 외계인 같았다. 그들은 그 건장한 손으로 얇은 담배를 태워 댔고 믹스 커피를 마셨다. 이해할 수 없는 짓을 하는구나, 어른들은. 그들의 얼굴은 하나같이 그늘져 있거나 아예 검었다. 세상 뽀얀 내가 흉내 낼 수 없는 얼굴빛이었다. 나는 그 얼굴에서 뜻 모를 경외심을 느꼈다.

그들은 천천히 걸었다. 절대 뛰는 법이 없다. 그러나 훨씬 빠르고 안정적이었다. 그들은 분명 느릿느릿 걷는 듯했는데, 내가 빠르게 걷는 속도보다 항상 두 발 정도 앞섰다. 나는 그들이 무슨 축지법이라도 부리는 것 같았다. 그들과 비슷한 속도로 걸을 수 없다는 사실에 나는 분했다. 나는 그들의 걸음에서 박탈감을 느꼈다.

나는 그들을 동경하고 두려워하면서도 하루빨리 그들이고 싶었다. 아무튼 학생이란 신분은 지루하기 짝이 없었다. 그들과 얼추 비슷할 나이가 되면 어른이 뭘까? 라는 질문에 슬쩍 답안이 드리울 것 같았기 때문이다. 그 무거운 물음과 호기심을 풀기 위해서는 직접 어른이 되는 방법밖에는 없어서, 잠자코 기다리는 하루하루가 사뭇 답답하게 느껴졌다. 19세 미만의 영화를 보지 못한다는 것에 원통했고, 내 마음대로 취침 시간을 정할 수 없는 것이 분했다. 이따금 나를 애 취급하는 어른들은 한없이 우습게 보였다.

그러다 어쩌다 성인이 된 지금은 안다. 정녕 '어른'처럼 다층적인 함의가 그득한 단어는 없었다. 어른은 너무 많거나 어디에도 없었다. 저 자신이 자칭 어른인 것을 과시하며 사람을 호령하고 지도하려 들 때, 소위 '어른'의 기세는 한없이 볼품없어졌다. 스스로를 어른이라고 뽐내며 장엄한 자태를 드러내는 자들을 나는 의심했고 인정하지도 않을뿐더러, 때때로 경멸하는 지경에 이르곤 했다. 내가 아는 어른은 어른이란 단어를 입에 올리지 않는다.

지금도 나는 어른이라는 단어에 한없이 낯을 가린다. 나는 사람이 애써 어른인 척 흉내 낼 수는 있겠으나, 진정 어른 같은 건 어디에도 없다고 믿는다. 하루아침에 '짠'하고 될 수 있는 건 사물이라면 모를까 '사람'에게는 불가능하다. 나는 나 자신에게 영원히 어른이 아닐 작정이다. 스스로를 어른이라고 지칭하는 우매한 삶은 사양하고 싶다.

내가 간직하는 어른은 물론 있다. 정의는 없지만 형상이 그림처럼 그려져 있다. 어른의 문제는 더 이상 내게 산 정상을 정복하는 일이나, 난해한 수학 문제를 푸는 일같이 완수나 해결의 개념이 아니다. 진정한 어른이 되겠다는 강박에서 벗어났을 때 비로소 사람은 무르익어 가리라.

나는 생각했다. '어른'은 다만 누군가에게 불려지는 형상의 일부일 뿐이고, 스스로는 결코 어른이 될 수 없음을. 어른이란 모습은 세상이 만든 개념일 뿐이고, 개념으로 만들어지는 것은 아무것도 없다는 것을. 그저 나 자신을 반으로 접어두고 남을 먼저 들여다보는 인간이기를.

나의 어리석음을 알고 타인의 자유를 존중할 것. 누군가를 헤아리는 눈길과 잡은 것을 놓지 않는 손아귀 힘을 기를 것. 마침내 모든 것을 놓을 것. 지혜를 터득하려는 마음에 광적으로 사로잡히지 않을 것. 다만 어리석음을 피해 사는 방법을 사유할 것. 혹은 받아들이는 태도를 배울 것. 내가 아는 어떤 상식과 윤리를 남에게 적용하지 않을 것. 다만 무관심하지도 않을 것. 삶이라는 질문에 공란을 남겨두지 않을 것. 덕을 삼는다면 최초로 겸손을 배울 것. 자만은 비극의 출발임을 되새김할 것. 용기는 욕심을 덜어냄으로 발현되는 것. 사랑은 대가를 기대하지 않고 주는 것임을 알 것. 가능하면 은은한 향기를 머금을 것. 말을 삼가고 움직일 것. 몸에서 김이 피어나게 할 것. 아는 것이 많되 입가에 매달려 있지 않고 내면에 안정되어 있을 것. 어떻게든 삶을 사랑하며 살아갈 것. 끝끝내 사랑만이 살아남는다고 기꺼이 믿을 것. 어렵더라도 희망을 고집할 것. 쉽게 죽지 말 것. 그리고 언젠가, 미련 없이 인사할 것.

나는 되고자 한다. 나 자신을 반성하고 남에게 환희하는 인간이.

빛과 눈

긍정적 사고를 다스리는 일은 혹 평생 해야 할 공부가 아닐까 싶었다.

아무것도 아닌 것이 사건이 되는 날이 잦다. 해가 길어졌고 빛은 날카로웠다. 땅을 보고 걷다가 사람과 부딪힐 뻔했다. 눈을 찌그러트리니 눈물이 찔끔 맺힌다. 마음 한구석에서 서서히 무언가를 받칠 기력이 줄어든다. 이 따위 미지근한 마음은 사라져 버렸으면. 아주 잠깐 비명을 지른다.

나는 태어날 때 안검하수라는 질병을 앓아서 빛을 바로 보지 못한다. 한쪽 눈 근육이 약해 눈꺼풀이 처지는 병이다. 사실 안검하수와 햇빛은 아무런 관련이 없다. 아마 나는 눈꺼풀이 반쯤 가려진 세상에 더 익숙했을 터이고, 나의 무의식이 밝음보다 어둠에 더 길들여져서 그럴 거다. 빛이 얼굴에 드리우면 자연스레 한쪽 눈이 감긴다. 눈을 찡그리면 걸음이 급해진다. 이는 내가 여름을 혐오하는 이유 중 한 가지다. 무력한 혐오감은 마음을 헝클어트린다. 점점 고요하게 앉아 마음을 풀어낼 시간이 없다.

낮에는 거리를 유심히 살펴야 한다. 빛이 바닥에 어려 있으면 피해 갈 곳을 모색해야 한다. 빛이 내리쬐면 골이 울린다. 빛은 뾰족한 송곳처럼 눈을 찔러온다. 눈을 뽑고 싶다. 골이 울리면 몸에 힘이 빠져나갔다. 바람이 갑자기 거세게 불고 먼지 입자가 만져진다. 세상의 소리가 쩌렁쩌렁 울려댄다. 어디선가 날벌레가 날아든다. 나는 고꾸라질 듯해 모퉁이 벤치에 잠시 앉았다 간다.

나를 어렵게 낳은 엄마는 내가 한쪽 눈을 감고 있자 거의 실신하기 직전이었다고 했다. 나는 그 말에 내가 태어난 것을 잠깐 후회했다. 당시에 수술을 잘 마쳐서 딱히 커다란 표시는 없다. 천운이다. 다만 눈을 크게 뜨면 짝짝이가 된다. 나는 짝짝이가 딱히 불편하지 않다. 어쩌면 퍽 좋아한다. 짝짝이인 사람은 속을 알 수 없다고 언젠가 들었는데, 나는 그게 마음에 들었다. 속이 훤히 들여다보이는 사람보다야 눈이 찌그러진 사람이 백번 났다. 앉은 채로 잠이 들면 한쪽 눈을 뜨고 기이하게 잠든다는 친구들의 말에, 공공장소에서 졸음을 억제하는 일 말고는 딱히 불편한 것이 없다. 물론 지금은 어디서든 잘 잔다.

다만 빛발에 눈을 감아야 한다는 일은 늘 난처하다. 마음과 달리 쉽게 지치고, 어쩌면 마음이 가장 먼저 싫증을 내고, 자꾸만 눈치를 살피게 되고, 어딘가 까맣게 눌어붙는 기분은 통제가 어렵다.

긍정적 사고를 다스리는 일은 혹 평생 해야 할 공부가 아닐까 싶었다. 낮에도 밤을 그리워하는 나는 종종 사람과 어울리지 못하곤 했다. 그런 나는 이상하게도 때때로 사람을 그리워했다.

얼음들

결핍은 때때로 썩 괜찮은 삶의 기둥이 되어주기도 한다.

나날이 꽁꽁 어는 마음이 있다.

누구에게나 툭 치면 와르르 부서지는 모래성이 있다.

버려진 섬이 있다.

한 지붕 밑에 사는 식구들끼리의 관계가 원활하지 못할 때, 정서는 얼어붙고 성장은 잠시 멈춘다. 얼어붙은 정서는 결핍으로 남고, 성장은 은연중에 계속된다. 그것들은 주로 까만 밤 아래서 무의식중에 이루어진다. 결핍은 거저 모습을 드러내지 않고, 내내 교활하게 자취를 감추고 있다가 성인이라는 문턱을 넘어가면서부터 만개한다.

점차 자신을 들여다보기 여의찮은 시기에 우리는 고장 나고, 크게 잃거나 지독히 앓는다. 자신의 의지와는 무관하게 그것은 진행된다. 그렇게 미래를 살아갈 일만 남은 상황에서 이따금 과거로 회귀한다. 하지만 과거는 이미 미화되어 있다. 과거에는 갈피가 없고 계통이 없다. 갈 곳 잃은 마음들은 과거라는 환상에서 둥둥 떠다니다가 다시금 허공에서 얼어붙는다. 이따금 자기 연민에 사로잡히고, '사람'은 '삶'에서 멀어진다. 잔잔한 지옥은 아주 평범하다.

'어른 아이'는 아주 간단하게 탄생된다. 누군가에게 보호받기에는 나이가 들어버렸고, 스스로를 지키는 방법 따위는 배우지 못한 채로, 세상에 부딪히고 깎여가면서. 현실에서 방황하고 주위는 나날이 야속해지기만 한다. 이같은 뜻 모를 불행은 내리뻗는 경향이 있다. 대부분 그 아이를 기른 부모도 같은 경험이 있거나 일찍이 곁에서 부재한다.

따뜻한 물에 푹 담가놓아야 할 사람들이 오늘도 멀쩡히 돌아다닌다. 어느 기관에 직책을 맡고, 또 어느 아이의 부모가 될 준비를 하면서.

물론 결핍은 때때로 썩 괜찮은 삶의 기둥이 되어주기도 한다. 결핍을 자원으로 활용하는 사람이 그렇다. 하지만 치명적인 모순을 동반한다. 오래 묵은 통증일수록 미량의 연고가 간절하기에 망설임 없이 온 심신을 내던져버린다. 대표적으로 '사랑'이 그렇다. 부모를 잡지 못했던 손, 일찍이 어른이 된 아이, 가난과 성공, 가족의 부재, 그 같은 여백의 공허를 메우기 위해, 쉽게 자신을 버린다. 자각되지 못한 모든 결핍은 자신을 파괴한다.

나는 결핍을 어떻게든 메우고 이겨내려는 것보다, 숫제 인정하고 받아들이는 쪽으로 마음이 기울어야 하지 않을까 생각한다. 우리는 그것 앞에서 영원히 내성적인 눈치를 보게 될 테니까. 어쩌면 우린 평생에 걸쳐 자신이 가지지 못했던 가장 아픈 세월을 정처 없이 찾아갈지 모른다. 각각이 다른 고통, 가냘픈 행복, 흘린 눈물만큼 간절한 무언가를. 한없이 얻고 또다시 잃어가면서, 우리는 결핍이라는 어른을 창조했고, 쉬이 작별하지 못할 것이다.

나는 우리를 따듯한 물에 조금만 담가 놓고 싶다. 무엇인가 천천히 녹아 흘러가게. 차근차근 안녕하게.

시커먼 천장

강해진다는 건 무감각해지는 것이었다.

그 천장이 내려앉았던 날은 여덟 무렵이었다. 느닷없던 어느 날이었다. 타지에서 홀로 생활했던 아버지가 이제 기술을 배울 만큼 배웠다고 어머니와 함께 가게를 차릴 거라고 말했다. 기뻤다. 이제 부모님과 함께 지낼 수 있다는 사실에 꼭 세상을 얻은 것 같았다……는 개뿔, 세상은 모두 주는 법이 없었다.

아버지가 청춘 시절에 배운 기술은 물고기 잡는 기술이다. 내가 초등학교에 입학하기 전까지 아버지는 석 달에 한 번 집에 오는 사람이었다. 집에 오면 아버지는 사흘 정도를 머물렀다. 아버지가 머문 그 사흘의 시간은 축제와 다르지 않았다.

나는 자연스럽게 어머니와 시간을 함께했지만, 그것도 많은 기억을 남기지는 못했다. 아버지가 벌어다 주는 생활비로는 부족했던 탓이었을까. 어머니도 나름대로 일을 했다. 이제 와 물으니 책을 파는 일이었다고. 그럼 나와 동생은 어떻게 했느냐고 물었더니 거의 이곳저곳에 맡겨져 있었다고 했다. 여자 홀로 사내새끼 둘을 기른다는 일은 지금 상상해 봐도 전혀 가늠이 안 된다. 도대체 어떻게 한 거야?

여하튼 부모님은 살기 위해 고독했다. 어영부영 버티며 살았다. 나는 아버지의 부재가 불행하지는 않았지만 이따금 공허했고, 어머니가 종종 외로워하는 모습을 보며 삶의 하중을 실감하곤 했다.

그런 부모님이 맨 처음 '장사'라는 밥벌이 수단으로 하나가 된다고 했을 때, '가게'라는 우리들의 공간이 생겼을 때, 나는 앞으로의 행복을 약속이라도 하듯 아버지의 거대한 어깨나 팔뚝에 기대어 잠이 들었고, 어머니에게 싱그러운 말들을 조잘거려 잠시나마 현실에서 분리되기를 유도했다. 반은 진심이었고 반은 정성이었다. 그렇게 내가 일

곱이 되던 해에 부모님은 장사를 시작했다.

시작한 장사는 엄중한 현실이었다. 오후에 오픈을 시작해 새벽에 마무리하는 가게는 횟집을 빙자한 술집이나 다름없었다. 나름대로 기품 있게 회를 손질하던 아버지의 모습은 깨진 소주잔처럼 금세 어그러졌다. 아침에는 잠을 자야 했다. 하루를 새벽에 마치는 사람이 밥벌이를 지속할 수 있는 유일한 방도는 그뿐이었다. 나는 자주 학교에 지각해서 선생님께 꾸중을 들었다. 딱히 나쁘지는 않았다. 선생님의 훈계는 아무렇지도 않았다. 문제는 밤에 벌어졌다.

일 년 정도가 지난 어느 날 어머니가 말했다.

가게가 너무 바빠서, 엄마가 이제 밤에 집에 못 올 거 같아. 밥은 차려놓고 나갈 테니까 저녁밥 잘 챙겨 먹고, 엄마 아빠 없이도 잘 자야 해. 알겠지?

다정한 목소리에는 울먹이는 떨림이 어려있었다. 나는 덤덤하게 알겠다고 말했다.

어머니는 밥을 차려놓고 등을 돌려 나갔다. 나는 사람

의 '등'에서 감정이 나타난다는 것을 그날 처음 알았다. 현관문이 닫힌 소리와 함께 나는 지나온 생을 모조리 쏟아내듯 터지는 울음을 참느라 애썼다. 침대에서 책을 읽어주던 어머니도, 거대한 벌판 같던 아버지의 어깨도, 하나씩 집 밖으로 보내줘야 했다. 나는 초등학교 1학년이었다. 그때 천장이 내려앉았다.

나는 어린 나이였고 작았다. 어머니는 저녁을 차려놓고 출근했지만, 나는 가스 불을 두려워했기에 국이 식어 있었다. 가스레인지는 내 머리보다 조금 더 높이 있었다. 냉장고에 넣어둔 반찬은 딱딱했다. 나는 나보다 한 살 어린 동생을 어른인 척 재우고 천장의 그림자 밑에서 떨었다. 이따금 울다가 쓰러지듯 잠이 들기도 했다. 천장은 광대했다. 세상에 모든 암흑을 끌어모아 펴 바른 것 같았다. 간간이 달빛과 함께 바깥의 그림자가 드리웠다. 저 넓고 검은 판때기가 서서히 내려앉아 나를 짓눌러버릴 듯했다. 나목의 그림자는 어느 공포영화에 나오는 커다란 손톱을 닮았다. 그것들이 내 얼굴을 찢어 놓지 않을까. 나는 처음으로 인기척이 없다는 것에 공포를 느꼈다. 동생은 새근새근 잠들어 있었다.

그 어둠 속에서 나는 자랐고, 그 어둠으로 인하여 나는 조금씩 강해졌다. 하지만 연약한 내면을 못내 배척할 수는 없었다. 이제는 잠들 수 있을 것 같다가도 간간이 소란을 떨었다. 그러나 어둠은 내게 강해져야만 한다고, 그래야 헤쳐 나갈 수 있는 거라고 가르쳐주었다. 호소와 눈물의 밤은 나를 고통스럽게 했지만 어떤 경로에서는 나를 강하게 만들었다. 강해진다는 건 무감각해지는 것이었다.

언제부턴가 나는 나를 짓눌러왔던 거무죽죽한 모든 감정을 깡그리 모아 내면에 구겨 넣었다. 내면에 빈자리가 없다고 느낄 때면 천장에 감정을 토해냈다. 그건 주로 울음이나 웃음이었다.

그러자 감정은 때때로 싱거운 국처럼 묽거나 시시해지기도 했다. 나는 너무도 예민해서 외려 단순해지기로 했다. 투박하고 뭉툭한 둔턱이 되어야 했다. 혼란을 멈출 수 없다는 것을 가감 없이 받아들여야 할 때, 나는 잠이 들거나 깨어나야 할 것을 알고 있었다. 내 하얀 얼굴을 나는 그 천장 어딘가에 몽땅 묻었다.

나는 천장 아래 놓인 나를 숙명처럼 받아들였다. 동생의 얼굴을 보았기 때문이다. 그때 내가 짐짓 태연한 척이라도 하지 못했다면 나는 동생을 아주 병들게 했을 것이다. 어린 시절은 중요한 법이었고, 나는 동생의 정서에 아주 중대한 영향을 끼쳤을 것이다. 그때 내가 더 어른스럽지 못했던 것에 나는 지금도 후회를 하고 있다.

그 시절 나와 동생은 자주 싸웠다. 단둘이 있는 밤이 많아지자 우린 조금씩 야행성이 되었다. 밤은 금방 심심해졌다. 밖에서 할 만한 것은 없었다. 주로 티브이를 보며 시간을 보냈다. 티브이는 하나였고 보고 싶은 만화는 달랐다. 자주 충돌이 일어났다. 이성적인 절충을 하기에는 너무 어린 나이였음으로 누구 한 명이 기울어진 배려를 하거나 포기를 하지 않는 한 평화로운 티브이 시청은 불가능했다. 우린 얼마 못 가 사소한 것 하나까지 충돌했고, 서로 죽일 듯이 으르렁거렸다. 내 왼손등에는 새끼손가락 반만한 유리가 박혔다가 뽑힌 도마뱀 모양의 흉터가 있는데, 이것은 그때 생겼다.

이윽고 나는 어떤 사람이 되어있었다. 세상에 외로움을 담당하는 사람. 주로 침묵하는 사람. 은은히 어둡고 우울한 사람. 그 어두운 면으로 인하여 오해받는 사람. 끝끝내 밝음에 어색하고, 그것에 필요성을 느끼지 못하는 사람. 여러 번 떠나가는 사람. 조용해서 소란스럽지는 않지만 존재가 모호한 사람. 행복에 인색한 사람. 하루에도 몇 번씩 나의 내면에는 어떤 폭발이 자글거리고 터지기를 반복했다.

천장에 있는 나는 발견하기 힘든 종양이 된다. 그러나 아프지 않은 종양. 언젠가 내면 구석구석으로 퍼져나갈 궁리를 하는 그것. 그것을 부디 발견해야 한다. 우리는 자주 나조차도 모르게 괴로운 시간을 보내는 존재들이니까. 누구나 끝내 죽이지 못하는 종양을 가지고 있다. 현실을 반죽음으로 만드는 병든 모습의 근원을 품고 있다. 어떤 것은 발견하는 것만으로도 치유가 된다.

지금까지 억울하게 잃어버린 시간들을 위하여.
자, 악수.

시커먼 천장 2

나의 아픈 역사를 되짚다 보면 그곳에 있는 애틋한 나와 마주한다.

어김없이 시간은 지나간다. 초등학교를 졸업했고 중학생이 되었다. 바람은 가볍게 불지 않았다. 습기 찬 공기가 자주 주위를 에웠다. 친구는 없었다. 우울했다. 기원을 알수 없이 우울했다. 그러는 와중에도 집에서는 철저히 나의 우울을 숨겼다. 엄마는 나보다도 눈치가 빠른 사람이라서, 내 결함의 원인을 본인에게서 찾고 후회를 할 게 뻔했다. 그 꼴은 죽어도 볼 수가 없었다.

나는 철저히 나에게 책임을 물었다. 만일 내가 가족들과 부대끼며 지냈다거나 정녕 화목하게 살았더라도 나는 내 우울한 방황을 피할 수 없었으리라. 나는 어떤 이유에선가 나를 좋아하지 못했고, 그 구석은 나 자신 외에 어느 무엇도 채울 수 없게 마련이다.

불현듯 나는 왜 이런 사람일까, 라는 물음을 가진 적이 있다. 사람은 몇몇의 성격으로 구분되듯이 나는 내 성격의 본질을 찾고 싶었다. '새로운 나를 형성하고 쌓아가기 위해서'는 나의 밑바닥을 알아야 했다. 본시 나는 왜 그렇게 형성됐을까, 그 형성의 원인은 무엇이었나. 그곳에서 버릴 건 버리고, 수긍할 건 받아들이는 연습을 했다. 지금의 나로 더욱 온전해지기 위해, 나는 심연에 숨겨둔 판도라의 상자를 조금씩 열어보았다. 나에게는 '천장'이 바로 그것인 셈이었다. 언젠가 한 번은 반드시 대면해야 할 고통스러울 만큼 광막한 벌판이었던 것이다.

내가 어떤 사람으로 사는가에 가장 지배적인 영향을 끼치는 것은 '나의 어린 시절'이다. 나의 과거, 나의 역사가 성인으로서의 나를 만든다. 대략 스무 살 전까지 형성된 내가 평생의 나를 좌우한다. 한 번 색을 입힌 백지는 다른 물감을 덧대도 잘 변하지 않는 것처럼. 내게 처음 칠해진 색을 나는 쉽게 바꿀 수 없다. 물감의 첫 번째 색은 내가 선택할 수 없다. 그것은 가히 억울한 일은 아니다.

우리는 보통 자신의 성격을 바꾸려 하지만, 그것이 불가능하다는 사실을 가늠한다. 우리는 보통 자신의 존재를 사랑하려 하지만, 그것이 통로 없는 미로와 같음을 절감한다. 여러 가지 방법을 시도해 보지만 끝내 길을 잃거나 되돌아오는 자신을 발견한다. 그리하여 자신의 의지를 의심하고 이내 자신을 자학하곤 한다. 성격을 바꿀 수는 없다. 다만 받아들이고 넓혀갈 뿐이다.

나는 결코 바꿀 수 없는 타고남, 자기만의 천장과 종양, 어느 곳에 진을 친 거무죽죽한 어둠을 가감 없이 받아들이는 것만큼 평화를 얻게 되는 성찰은 없다고 생각했다. 그것은 비로소 이미 채색된 얼룩의 끝자락을 한 점 넓히는 일이다. 새로운 배경을 준비하는 것이다. 그것은 불이며, 물이고, 또한 망치질이다. 새로운 내가 서서히 만들어지는 것. 태어난 그대로 살다가 죽지 않는 것만큼 생에 근사한 일은 없다.

원인도 모른 채 충동적으로 무너져 내렸던 우리는 변화할 수 있다. 그 슬픔과 원통과 물음표 같은 지옥에서 영원히 잠들지 않을 수 있다. 우리는 우리 그 자체로 타고난 그대로 평생 살다가 죽어가지 않을 것이다. 나는 비로소 내 번민과 결핍을 축복한다. 변화할 수 있는 내가 아직 남았다는 것은 얼마나 다행인가.

사랑보다 이해가 먼저라야 한다. '스스로를 사랑하세요.'라는 말을 나는 아주 싫어한다. 너무나 거창하고 오묘한 말에는 되레 정감이 가지 않았다. 막연히 나를 사랑하려고 덤볐지만 고작 이것도 저것도 아닌 나만이 남기 일쑤였다. 사랑은 망망대해처럼 망연하다. 그것은 근사하게 꾸며놓은 껍데기들의 잔치다.

나에게는 결국 몇 해 잠식해 버린 나를 찾아내고, 화해하고, 이해하려는 포용과 발버둥이 정말 사랑해야 할 나를 알아차리게 했다. 그런 나를 있는 그대로 맞이한 채 다음 한 발을 내디딜 때, 나는 사랑과 닮은 무언가가 꿈틀 일어나는 것을 분명히 안다. 나의 아픈 역사를 되짚다 보면 그곳에 있는 애틋한 나와 마주한다. 그는 어수룩하게 손을 흔든다. 나도, 손을 흔든다.

한 시절 나는 자랐고, 엄밀히 말하면 이제부터 늙어가는 중이다. 나는 때 묻어 자란 나를 완전히 바꿀 수는 없을 것이다. 이따금 연약한 내가 튀어나와도 나는 나를 막아낼 수 없다. 그럼에도 불구하고 나는 어디까지 새로운 나를 만들어낼 수 있을지 증명해 가며 늙고 싶다. 어디까지 더 아름다운 사람이, 어느 날까지 더 따뜻한 한 사람이 되어, 먼 훗날 손에 쥔 것을 꼭 나누는 사람이 되고 싶다. 행복은 거기 있다. 한 점 의심도 없이.

감수성

노래에 무수한 기억이 새겨져 있으면 노래는 더 이상 노래가 아니게 된다.

어떤 노래는, 나를 일순간 과거로 보내버리고 멀찍이 서서 멀뚱멀뚱 쳐다보곤 한다. 노래는 등대처럼 아득했는데, 과거는 다만 먼 그리움으로서 명멸하고 있었다.

이따금 나는 멍한 얼굴로 앉아 있다가 한 노래에 깃든 어느 시절의 나를 추억한다. 그 선율이나 가사로 하여금 기억되는 순간, 그리고 내가 있다. 나의 한 조각이 그 노래와 함께 떨어져 영원하다. 삶에서 만날 영원은 과거밖에 없다. 신랄한 미화의 세계. 적당히 징그럽고 아름다운 무한. 그것이 과거고 영원이다. 노래에 무수한 기억이 새겨져 있으면 노래는 더 이상 노래가 아니게 된다. 어쩌면 절대 꺼지지 않는 불씨 같은 것. 누구도 빼앗을 수 없는 마지막 자유이자 권리일 것이다. 나는 그곳에서 유일한 내가 된다.

종종 삶이 나를 구렁텅이로 몰고 갔을 때, 내 하루의 절반 이상을 차지했던 건 다른 무엇도 아닌 진종일 귓가를 울려 댄 노래였다. 주로 잔나비와 검정치마의 노래를 들었다. 임재범 선생님의 〈여러분〉도 찾아들었다. 그분의 표정만 봐도 나는 눈물이 맺혔다.

나는 하나에 꽂히면 그것만 주야장천 듣는다. 덕분에 기억이 번잡하지 않았다. 지나고 보면 나는 '지금의 내가' 그 몇 분의 찰나에서 조금씩 만들어졌다는 것을 실감한다. 문득 내가 듣는 가수와 내가 비슷한 감수성과 정서를 가진 것만 같아 괜스레 마음이 평온해지기도 한다. 그것은 세상 어딘가에 나 같은 사람이 또 있다는 안정이며 소속감을 주었다. 가수의 목소리와 음악의 선율에 위로받고 의지하며, 당장이라도 어디론가 떠나고 싶을 때마다 음악은 내 삶을 감싸던 엷은 침묵의 장막을 걷어냈다. 나는 종종 과거로 돌아가 쉬었고, 현실에서 조용히 분리되어 이다음을 준비했다.

지금도 그들의 노래를 들으면 예전에 내가 어렴풋이 떠

오른다. 이따금 가엾을 만큼 외로웠는데 어떻게 감당하는 방법을 몰라서, 마음이 너무 작아서, 그냥 하염없이 노래만 들었던 그때가. 그것들은 모두 현재 나의 감수성 밑바닥에 인박여 있다.

나다운 여정

자기 자신으로 사는 것만으로도 다른 문제들이 충분히 정돈되어 간다.

나답게 살아야 한다는 말은 폭력적이고 무책임하게 들렸다. 나는 그랬다. 예쁜 말들을 우수수 늘어뜨린 후에 마지막에 가서야 '나답게 살아요.' 하며 허탈하게 귀결시키는 모습을 보면 나는 부르르 치를 떨었다.

그런데 생각을 파고들었더니 사실 그들도 딱히 명확한 방법을 모른다는 결론에 도달했다. 나답게 사는 게 뭐냐고 누군가 물었을 때, 누구나 만족할만한 해답을 명철하게 나열할 수 있는 사람은 없을 것이다. 사람마다 인생의 가치와 의미를 두는 방향이 다르니까. 지금껏 그런 위로나 조언이 전해져 내려오는 까닭은 '나답게 살아갈 것'이란 말보다 더 해줄 말이 없기 때문일 거다. 자기 자신으로 사는 것만으로도 다른 문제들이 충분히 정돈되어 간다. 나는 '나다운 여정'이 무엇일까를 오래 생각했다.

모름지기 나답게 산다는 건 용기가 필요한 일일 것이다. 심오하고 어려운 게 아니라, 그저 단순하고 명료한 '나 자체'를 낱낱이 정직하게 마주하는 용기. 우리는 그동안 나의 '민낯'조차 밖으로 내민 적이 많지 않았는데, 나답게 산다는 건 비유하자면 '전신 거울'을 맞대는 일과 같다. 단연 거북하고 낯설 수밖에 없다. 외려 편안한 게 이상한 것이다.

그런 자신을, 다소 벌거벗겨진 듯한 자신을, 세상 밖으로 삽시간에 내던진다는 건 웬만한 무모함 없이는 불가능하다. 적잖이 다칠 수 있는 일이다. 그 행위 안에는 미움받을 용기도 있어야 하고, 나를 보호하는 힘도 길러야 한다. 일상의 작은 기품과 인간관계의 태연함을 고루 갖춰야 한다. 계획하되 서두르지 않아야 하고, 솔직하되 무례하지 않아야 한다. 그런데 그게 어디 쉬울 리가 있나. 어떻게 평안을 말할 수 있나.

나를 알아간다는 건 참으로 어렵고 난처한 일이다. 내이름 석 자도 이제 내가 아니며, 내 얼굴조차도 내가 아닌 세상이다. 나는 여전히 나답다는 게 무엇인지 잘 모른다.
이제는 구태여 알고 싶지도 않다.

　나는 다만 거짓이 없으려 한다. '나답다'라는 어느 모습
앞에서 부산을 떨지 않고 싶다. 의심은 한도가 없고, 나는
더 살아가야 한다.

　여전히 좋아하는 건 별로 없고, 싫어하는 것은 많은 나
다. 아직 만지고, 마시고, 안고, 느끼고, 감각해야 할 것들
이 천지에 널려있다. 나는 내 심장이 따르는 곳을 믿기로
했다. 남들이 무어라 떠들든 간에 단지 행복하다면 그걸
로 그만이다. 그렇게 나를 한결 정돈한 상태에서 건네며
살아가고 싶다. 그 여정을 연잇다 보면 여생은 계절처럼
근사할 것이다.

작가 지망생

'지망'을 '실현'으로 옮기고, 실현이 실감으로 존재할 수 있도록,
나는 더 고독해야 한다.

이것은 나의 염원과 무지, 고통과 독기에 관한 이야기
다.

쉬이 잠이 오질 않았다. 별로 한 일도 없는데 어느새 자
정이었다. 종일 구부정한 채로 원고를 썼다. 쓰고, 지우고,
읽고, 덮고, 다시 쓰기를 반복한다. 나는 매일매일 4~5시
간 정도 앉아서 이 행위를 한다. 나에게 글은 엄연한 가내
수공업이다. 쓰는 것은 그저 고통이다. 해독이 불가능한,
끊을 수 없는 고통인 것이다. 이것은 내가 아직 어리기에
가능한, 몇 해 남지 않은 나의 유일한 자부심이다. 그렇다.
나는 미련스럽다.

부모님은 쓰는 나를 달가워하지 않는다. 사내새끼가, 나가서 일을 해야지 무슨 글을 쓰냐고! 맞는 말이다. 어느덧 이십 대 중반에 들어섰다. 남들은 육체노동을 할 시간에 나는 글을 쓰러 다니며 감정 노동을 한다. 나는 글쓰기가 육체노동이라고 생각하지만 이것은 아마 설득력이 없을 것이다. 주위 친구들처럼 평일 아침 7시에 몸을 일으키지 않아도 되니까. 숨 막히는 지하철에 속절없이 오르지 않아도 되니까. 나는 오후 4시쯤에 카페에 들어앉는다. 물론 이것은 나에게 조금도 편안하지 않다.

나와 돈벌이는 거리가 멀다. 돈이 많으면 좋겠지만 없다고 불행할 것도 없었다. 이 생각은 지금 내가 돈이 없어도 별 상관이 없기 때문일 거다. 또는 내 얄팍한 합리화일수도 있다. 가지고 싶은 물건도 없고 부자가 되겠다는 야망도 없다. 나는 한 달에 30만 원 쓴다. 주로 담뱃값과 커피값에 쓴다. 그 30만 원은 군대에서 모아둔 목돈에서 빼다 쓴다. 그것마저 다 쓰면 알바를 할 심산이다. 나는 내가 할 일이 있기에 그것이 초라하지 않다. 물론 이것은 아직 부모님 집에 함께 산다는 가정하에 가능한 일이다. 친구들이 가끔 술 한잔을 권해오면 대부분 거절한다. 내 거절의 이유가 '돈이 없어서'라는 것을 아는 몇몇 친구들은 그래도 술자리에 나오라고 말한다. 나는 그 말이 부담스러워 더 나가지 못했다. 핑계는 많았다.

　나는 부모님에게 줄곧 지원을 받지 않는다고 생각했다. 나름대로 돈을 아끼고 욕망을 제어하는 태도를 습득했으니까. 나는 그럭저럭 사는 줄 알았다. 비록 자랑스럽지는 않더라도 최소한 짐은 되지 않는다고. 그렇게 스스로를 면책했다. 착각이었다. 나는 결코 온전한 독립체가 아니었다.

　그저 부모님과 한 지붕 아래서 사는 것. 방바닥이 따뜻한 것. 밥솥에 밥이 있다는 것. 내가 배고픈 인간인 것. 자고 일어나면 씻어야 하는 것. 내가 에너지를 쓰는 동물인 것. 지원의 목록은 길다. 그저 생존함으로써 필연적으로 사용되는 돈에 대해 나는 지금껏 무지했다. 삶은 그 자체로 이미 빚이다. 그것을 갚아 나가는 것에만 삶을 투자해도 한없을 것이다. 경제 활동을 하지 못하는 작가 지망생은 그 수명이 길어질수록 쓸모없는 인간이 된다. 벽을 두드리는 인간이 되는 것이다.

　그러나 무지몽매한 나는, 욕심이 많아서 못내 쓰기를 놓지 못했다. 나는 미련스럽게도 한 가지 일에 끝장을 본다. 이것은 나의 장점이기도 하고 단점이기도 하다. 세상에는 홀로 참고 버텨내야 하는 일들이 많다. 그런 일은 대부분 몸이 힘들어서 못 하는 것이 아니다.

잠자리는 대부분 이상하다. 스스로 만족스러운 노동을 했다고 자부한 하루는 거짓말처럼 잠이 오질 않았고, 아무것도 못 한 채 엉덩이만 들썩였던 날에는 맥없이 잠에 푹 빠져버리기만 잘했다. 떳떳한 노동을 하고 담담히 잠이 드는 것을 '쌈'으로 얻기란 턱없다. 아, 쓰기는 정녕 하찮은 것인가. 끝끝내 나는 이것을 꿈꿀 수 없을까. 내 궁상맞은 젊음은 그것 하나도 가려내지 못하는 것인가. 의문들은 나를 좀먹었다. 새벽은 이상스레 적막하다.

오래 혼자던 하루였다. 밤거리는 먼지바람을 휘날렸다. 나무가 십 일자로 뻗어진 골목을 소행하며 나는 집으로 간다. 집으로 가려면 이 길을 지나야 한다. 길에서 나는 반으로 갈라졌다. 반 쪼가리만 남은 나를 들고 집으로 돌아간다. 익숙한 형국이다.

근래는 '고생했다.' 한 마디에 살아낼 힘이 솟구칠 듯한 저녁이 잦았다. 말의 힘은 여러모로 위대했다. 시체처럼 미동도 없는 글에서, 나는 말이 가진 위대함을 찾아볼 수 없었다. 하지만 나는 내 주변인 누구에게도 그런 말을 들을 자격이 없을 터이다. 쓰는 자의 고뇌와 푸념은 말을 하고 몸을 움직이며 노동하는 자들의 고통에 티끌도 가닿을 수 없다.

나는 누구보다 덜 노동하는 사람처럼 일그러져 있다. 저마다의 노동은 '하고 싶음'이 전제에 들어가는 순간 위로나 인정에서 멀어진다.

그래도 너는 하고 싶은 거 하며 살잖아, 네가 선택한 일이잖아.

나는 할 말이 없었다. 나는 주로 그 말들을 건넸다. 같은 대답이 돌아오기를 내심 바라면서.

십 대 초반, 방황과 글쓰기, 고립된 나날, 우울. 그것들은 모여 내가 되었다. 나는 하얀 김처럼 사라질 수도 있고, 단단한 뿌리처럼 굳건할 수도 있었다. 사람들이 나를 오해할까 봐 눈치를 봤고, 내가 틀렸을까 봐 몰래 의심했었다. 여름 내내 그늘을 찾아 걸었다. 땅을 보면서 한 발 한 발 걸었다. 찬찬히 빛을 피해 더 멀리 걸었다. 조금씩 그렇게 더 가고 싶었다.

불안과 의문이 나를 헝클어뜨려도 여전히 포기하기 싫은 마음이 있다. 가벼이 놓아버릴 수 없는 내가 있다. 순순히 무너지지 않으려는 내가 있다. 물론 친구들 모임에 나갈 수 없는 시절도 있다. 내가 나의 행위를 자랑스러워하는 마음과 무관하게 그것은 온다. 스스로에게 부여할 수 있는 자부심의 농도에는 한계가 있다. 그러나 '지망'을 '실현'으로 옮기고, 실현이 실감으로 존재할 수 있도록, 나는 더 고독해야 한다. 깊은 고립을 발전의 연료로 삼아야 한다.

나는 내가 종종 비참할 것이지만, 내가 비참한 줄도 몰라야 한다. 나는 내가 낡아빠지는 것을 비웃어야 한다. 그것으로 더 절망해야 한다. 나는 더 각오해야 한다. 더 마음껏 쓸모없어야 한다. 이것들은 모두 더 쓰기 위한 연료이다. 고통의 정면으로 간다. 버겁지만 한평생 반복하고 싶은 일이다. 고통은 이제 반가운 지경이다. 나는 고통스러울수록 더 내가 된다. (2022)

이따금 섬이 된다

사람은 자신을 들여다보는 의지가 바닥일 때,
얼핏 주변인에게서 힘을 빌려오기도 하는 법이었다.

1

주기마다 자해 닮은 하루가 찾아온다.

2

금요일이었다.

3

몸이 가늘게 늘어지고 있었다. 주일의 대부분을 앉아서
보낸 탓이다. 허리 스프링이 차차 탄력을 잃어갔다. 흔들
리는 다리를 꼭 잡았다. 삶이 그것이라는 듯. 곧은 자세는
의지와 같다. 무릇 의지는 풍선 인형처럼 출렁이는 것인

데, 출렁거림의 원천이 되는 '소망'은 '만족'에서 끝을 맺고, 만족이 없는 풍선은 곧 쪼그라든 쓰레기가 된다. 쓰면서도 종종 실바람 같은 만족을 얻어야 한다. 그것이 없으면 오래도록 숨 쉬지 못한다. 나는 금요일마다 숨을 참았다.

4

온몸의 수액이 의자 밑으로 뚝뚝 버려지는 기분이었다. 목구멍 깊은 곳에서 더운 숨이 끼쳐 나왔다. 비슷비슷한 일상은 갈라진 과자처럼 푸석했다. 환기가 드는 일이란 손에 꼽을 정도로 적었다. 물론 가당한 일이었겠지만, 나는 자주 허무의 영역을 향해 미끄러져 내렸다.

5

나는 다행스럽게도 고립을 썩 난처해하지 않는 성향을 타고났다. 애써 사람을 만나는 건 도리어 피곤하다. 그러나 고립에도 유통기한이 있었다. 유독 금요일만 되면 나의 유통기한은 눈치도 없이 훅 줄어드는 듯하다. 나는 군중들의 여유로움과 해방감에 자꾸만 이끌렸다. 저들의 규칙적인 노동과 축적된 피로가 '주말'이라는 찬란한 간이역을 만나 천천히 누그러지는 움직임이 부러웠다. 마음 놓고 놀거나 쉬는 일의 선결 조건은 역시 지루하고 고된 노동이었다. 노동은 기꺼이 경건해야 하리라.

6

나에게 건강한 노동이란 너무도 모호하다. 하루키처럼 매일매일 20매를 쓰는 것은 아니었지만, 나름대로 규칙을 세워 작업을 했고 반드시 지켰다. 그런데도 나는 뜻 모를 불안에 바람을 불어넣기 바빴다. 이 시간에 '누군가'는 피땀 흘려 노력하고 있을 것이다. 그러한 버릇 같은 압박 사이에 자주 정치 없었다. 금요일은 너절하다.

7

어쩌면 나는 나를 인정하는 것을 매우 난처해하는 인간. 그런 나도 인정하지 않는 인간.

8

참으로 어리석게도 나는 은연중에 주변인과 나를 비교했다. 주변인이 얼핏 비교 대상이 되는 건 창백한 고아가 되는 지름길이었다. 도심 속에서 외딴섬이 되는 것이었고, 썩은 미소를 지어먹어야 하는 일이었다. 그러면 안 된다는 것을, 그것은 자신을 좀먹는 일임을, 불온의 근원을 스스로 창조하는 일은 저속한 인간이나 하는 짓임을, 나는 누구보다 잘 알았다.

9

그러나 내 영세한 시선의 한계는 '주변 사람'으로 귀결되었다. 자꾸만 나를 직시하지 못하고 한쪽으로 쏠리는 눈이 싫었다. 내 눈을 조종하는 뇌가 괘씸했다. 친구가 서울로 상경했을 때 "역시 사람은 큰물에 나가야 하나 봐."라는 뻔하지만 마냥 부정할 수 없는 이야기가 차츰 이해되고 있었다.

10

그랬다. 사람은 자신을 들여다보는 의지가 바닥일 때, 얼핏 주변인에게서 힘을 빌려오기도 하는 법이었다. 그러면서 함께 성장하고 반대로 초라해지기도 하면서, 그 안달복달 못하는 투명한 끈으로 서로를 묶은 채 여생을 나아가는 것이었다.

11

나의 주변인들은 하나같이 자신의 삶에 진심이었고, 다들 피곤에 절어 있었다. 그들이 피곤에 절어 있을 때마다 나는 존경과 두려움을 동시에 느꼈다. 그들이 내 곁을 떠나지 않도록 하기 위해서라도 나는 움직여야 함을 알았다.

12

혼자가 되는 것은 무섭지 않다. 함께일 때 혼자가 되는 게 무서운 것이다.

13

글을 쓴다는 건 평온해지는 것과 동시에 진절머리가 나는 일이다. 적당히 감당하고 넘어갈 만한 우울이나 근심 따위를 쓸데없이 증강시키는 일이다. 쓰다 보면 땅굴이라도 파서 숨고 싶을 만큼 부끄럽거나 직면하기 버거운 기억이 스멀스멀 끼쳐 나온다. 내가 쓴 무엇도 함부로 뜻매김 하기란 위험하다. 시간이 지날수록 반성하게 되는 일이 수북하게 쌓이는 것이다. 때때로 막연한 일에 차츰 윤곽이 드러나는 기쁨을 맛볼 수도 있지만. 사람은 기쁨 밑에 있기 쉽고, 나는 늘 그러했다. 그것들은 때때로 지레 겁을 내게 하였고, 아무렇지 않아도 될 순간에서 외로운 법석을 떨게도 하였다. 어쩌다 나는 이 개미지옥에 나를 내몰았을까. 모를 일이다. 행위의 발원과 끝을 아는 경지에 오를 확신은 없다. 나는 그저 죽을 때까지 이 의문과 열성의 한복판을 오갈 뿐이다. 비단 그 반복에 싫증을 내지 않고 꾸준히 열중하는 태도만이 중요할 것이다.

14

어쩌면 나에게 글이란 미로 속에 나를 가둬두고서 "자이제 출구를 찾아보시지?"하고 내팽개치는 것일지도 모른다. 그래서 자주 은근한 싫증을 느낀 것일지도 모른다. 쓰고 싶다, 쓰고 싶지 않다. 몇 번을 되풀이했다. 물론 이러다가도 또다시 글자 주변을 서성이다가 속절없이 타자기 위에 손을 올릴 것이다. 문득 행복한 순간에도 조금씩 쓰는 연습을 해야겠다고 생각했다.

15

토요일이다. 눈치도 없이 배는 고프고, 하품은 빈번히 길어지고, 하루는 조금씩 잘려 나가고, 길에는 사람들과 사연들이 지나가고, 보고 싶은 사람들과 볼 수 있는 사람들이 줄고, 커피는 묽어지고, 나는 자꾸만 독해졌다. 세상은 거칠고 투박하고 강하기만 한데. 나는 정말이지 어쩌려고 이러나 싶다. 습하고 눅눅한 기운이 등줄기에 훅 끼친다. 갑자기 덥다.

16

그러나 이토록 촘촘하고 지긋지긋한 시간의 공백에서 허우적거릴수록 나는 묵묵하게 이 삶을 포기하지 않았다는 자격을 충족하고 있는 것이다. 그 사실이 때로는 나를 걸어가게 했다. 나는 끝끝내 주변 사람과 행복하고 싶다.

17

누군가와 함께하는 찰나의 5분이

몇 주간의 고립보다 더 값질 때가 있었다.

그러면 나는 또 얼마간, 잠잠히 살아졌다.

더는 정직하게 기다리지 않을 수 있었다.

작은 불꽃

나는 내 우울한 방황을 녹여내는 것과 동시에
실처럼 아른거리는 희미한 빛을 느꼈다.

이것은 나의 폐쇄성과 발견에 관한 이야기다.

별안간 빛이 없을 때가 있다. 그럴 때 나는 주로 집 앞에
흐르고 있는 강변을 찾는다. 자정에 그곳은 물안개가 자욱
하다. 이 강물은 늙어서 겨우겨우 쫄쫄 흐른다. 적요한 그
곳에서 나는 나직한 숨소리를 듣는다. 연약한 생명의 소리
다. 어디선가 풀잎이 서걱대고 물이 지나가는 소리가 흘러
나온다. 마침 바람도 지나가며 어우러지면 저만치에서 귀
신이라도 펄쩍대는 기분이다. 사뿐하고 섬찟한 소리들을
나는 숨죽어 듣는다. 그 찰나에 인기척은 죄악이다. 나는
몸가짐을 최대한 가볍게 한다. 이대로 그것들과 섞여 소멸

하는 밤의 일부가 되어도 괜찮을 것 같았다.

　강 한가운데는 땅과 땅을 잇는 투박한 징검다리가 있다. 다소 위험하지만 낭만적이다. 나는 물이 블랙홀처럼 소용돌이치는 것 같은 강을 갈라놓은 그 징검다리를 좋아한다. 그 위를 한 발씩 천천히 걸으며 세상을 조심스레 사는 용기를 배웠다.

　중반쯤 걸어가면 넌지시 반대편이 보인다. 그곳은 한 채의 아파트나 가로등 불빛조차 가지고 있지 않은 이름 없는 땅이다. 배경은 온통 울창한 산이고, 등짝에 모래를 실은 화물차만이 띄엄띄엄 주차되어 있다. 주인도 없어 보이는 화물차는 을씨년스럽다. 나는 주로 건너간 그 땅에서 앉아있기를 즐겼다. 더 짙은 암흑이 편안하다. 누구도 행복해 보이지 않을 곳에서 나는 의미심장한 안정을 느꼈다.

　건너간 길을 따라 옆으로 쭉 걸어가면 육교 아래 한적한 공간이 나온다. 그곳에는 돌담이 있다. 돌담 위아래로 누군가 먹다 남은 소주병이 뒹굴고, 마른 지푸라기가 바닥에 휘날리고 있다. 도심 속에서는 결코 느낄 수 없는 먼지들이 있다. 나는 그곳에서 번번이 지푸라기를 조금 모아 불을 지피곤 했다. 모닥불처럼 작고 으쓱한 불꽃은 적막하다. 적막한 것은 이윽고 강렬했다.

불꽃을 가만히 들여다보고 있노라면, 나는 한순간 적막과 계약이라도 한 사람처럼 숨소리도 새지 않게 하고서 몇십 분간 한자리에 오롯이 앉아야 하는 형국에 놓였다. 처음에는 그저 내가 어쩌다 이곳까지 왔을까, 싶은 생각에 침울하고 누추했지만 어느 날은 외려 그 행색이 한없이 좋았다. 조용히 가라앉는 줄 알았던 그 일은 알고 보니 갈 곳 잃은 생각과 소란을 하나씩 모서 와 안전히 귀가시키는 여정이었고, 그 모든 지휘와 배웅을 나는 은연중에 해내고 있었던 것이다. 나는 내 우울한 방황을 녹여내는 것과 동시에 실처럼 아른거리는 희미한 빛을 느꼈다.

불이 딱딱거릴 때마다 벌레가 날아들어 와 타는 듯했다. 나는 따뜻해 보이는 주황색 겉 불, 파르스름한 가운데 불을 연달아 감상하고, 바람에 사운거리는 나뭇잎 소리를 듣고, 귀뚜라미가 여러 번 아우성칠 때 그만 집으로 돌아선다. 흥분이 꽤 가라앉는 듯하다.

나는 알았다. 둥근 불꽃 속에 찾아갈 맥이 있다는 것을. 시간이 무심히 서두르고 있음을. 나는 단지 그것들에 얌전히 얹히면 되었음을. 이번이 마지막이라며 피운 불과 징검다리의 갈증을 나는 확고하게 지나왔고, 물론 그것은 다시금 되살아나 유유히 나를 점령하겠지만. 이제는 그 모든 것을 분명하고 똑똑히 마주하고 있음을 안다. 나는 내 상실과 폐쇄성을 아끼고 사랑한다. 나의 폐쇄성은 누구도 훼손할 수 없는 최후의 보금자리다. 나의 보금자리에는 뭉근한 채근이 함께한다.

결코 내 시야에서 사라지지 않는 어둠이 있다. 그리고 틈을 비집는 바늘 같은 빛이 있다. 빛의 다른 말은 '진리'라고 하지만 나는 꼭 그렇지는 않다고 생각한다. 나는 진리로 살아가지 않는다. 돌아보면 내 삶은 왕왕 빠져나오기 힘든 고통에 불과했고, 나는 그것을 멍청하게 내버려 두기 싫었던 것뿐이다. 나는 비록 유약하였으나, 그것을 고스란히 마주함으로써 때로는 많이 다쳤지만, 그것으로 부끄럼 없는 오늘이 있음을 안다.

나는 삶에 어둠이 깔렸을 때 한순간 화창하게 만드는 마법 같은 건 알지 못한다. 나는 그런 진리를 믿지 않는다. 다만 어둠의 중심부로 돌진했을 때 무슨 일이 벌어지는지 아주 조금은 안다. 어둠 속에 에워져 있을 때는 희미한 빛마저 그토록 찬연하다. 어둠 속에서 작은 쪽빛은 찬란하기 그지없다.

아마도 진리는 삶의 고난과, 이어지는 허무를 아주 선명히 알고 있음에도 불구하고 이다음을 새롭게 내디딜 수 있는 초라하고도 위험한 출발일 것이다. 그 모든 편린이 내 양분이 될 것임을 나는 의심치 않는다. 이 모든 것은 외부에서 오지 않음을 나는 아주 믿는다.

　이것은 내 마음을 까맣게 태운 갈증과 번민, 인생에 비춘 아득하고 소중한 빛에 대한 이야기다.

외로움의 끝자락

어떤 어둠은 종종 나를 개운하게 한다.

너무 외로워서 신경질이 났다. 얼마 전까지만 해도 나는 외로움을 스스로 해결할 수 있는 감정이라고 믿어 왔다. 가장 익숙해져야 하는 감정이기에 무뎌질 필요가 있다고, 무엇보다 흔한 감정이라고 생각해 왔다. 외로움 같은 건 결코 나를 집어삼킬 수 없다고, 다소 강건한 결심을 했다.

하지만 결심이 화근이었을까. 그러한 마음가짐을 가질수록 굳건해지기는커녕 외려 텅 비는 기분이었다. 결심은 무색했다. 나는 자주 외로움에 젖어 어둠침침했다. 그것마저도 지극히 자연스럽다고 생각했다. 곧 걷히고 지날 그늘이라고. 하지만 도리어 역시 사람은 사람을 만나야 해, 라는 생각이 한없이 맴돌기만 했다.

모순과 허세를 부렸다. 나는 외로워서 사람을 더 멀리 하였다. 외로움이란 감정에 자주 감염되어 버리는 나를 위험한 시험대에 올려 둔 셈이다. 어차피 우리는 끝장에 가서는 다들 외로워야 하는 게 아닐까. 그러니까 나는 보다 일찍 그 어려운 시험에 도전하겠다는 다소 기이하고 초연한 마음을 부린 것이다. 젊음을 한밑천으로 '외로움'이란 과제를 풀어나갈 테다. 그리하여 나이 먹고 외로움에 법석을 떠는 미련한 짓은 하지 않겠다고.

실수였다. 나는 초반부터 이미 낙제였다. 외로움은 과제나 시험 같은 게 아니었다. 그냥 잘 달래서 데리고 살아가는 것일 뿐. 나는 그것을 조금 뒤에 알았다. 그저 얼마나 외로움에 덜 괴로워하고, 외로움으로 충동적인 행동을 하지 않으며, 감정의 널뛰기를 덜 하느냐가 중요한 것이었다. 외롭지 않겠다는 다짐은 가장 큰 오만이었다.

나이를 먹어간다는 것은 내색하지 않는 인간이 되는 거였다. 다짐은 기우에 불과했다. 정신이 가난할수록 헛된 욕심이 창궐한다. 고작 외롭지 않은 사람처럼 행동하는 것으로 온전한 나를 완성시키기에는 한계가 있었다. 그런 날이면 미치도록 누군가 보고 싶었다. 외로움은 뜬소문처럼 불어난다. 약점이 많아지는 날이다.

외로움을 묽어지게 할 방법은 없는 것이다. 어떻게든 그 늪에 빠지지 않도록 발악하는 내가 있는 것뿐. 이겨낼 수 없다면 조금이라도 덜 고통받도록, 티끌만큼이라도 괴로움에서 분리되기를 갈망하는 내가 존재했기에, 그 어떤 행위들을 의심 않고 지속했기에, 다시금 주위 담은 조각의 한 귀퉁이만으로도 나는 문득문득 안정을 얻으며 살아왔던 것이었다.

이따금 그런 내가 마음에 들었던 날이 있었다. 최소한 감정에 지배당해 누군가를 괴롭히지는 않았으니까. 외롭다고 몸서리치며 감정을 담뿍 바르는 무책임한 짓은 하지 않았으니까. 나는 가끔씩 외로움을 꼭꼭 씹다가 아주 미세한 단맛을 발견해내기도 했다. 고립되어야 하는 일은 시간이 갈수록 점점 더 필요한 일이었다.

물론 어떤 외로움은 칠흑같이 짙어 나를 암흑 속에 덩그러니 놓이게 한다. 그러나 나는 정녕 '함께함'으로 치유받는 사람이기를 원하지 않는다. 나는 괴로움을 경건하게 받아들이는 사람이 되고 싶다. 불안정했다가 온전해지기를 반복하는 여정에서 자유롭고 싶다. 누군가의 자취로 나의 고요가 훼손된다면 그것은 전혀 내가 바라는 바가 아니다. 어떤 어둠은 종종 나를 개운하게 한다. 오늘도 저마다의 밤이 깊다.

노랗게 해 뜰 날

나는 이곳에 머물고 싶으면서도 떠나고 싶었다.

밤을 꼴딱 새웠다. 무슨 바람이 들었는지 새벽 내내 글을 써보겠다고 설쳤다. 아무 까닭 없다. 그저 새벽이 풍기는 몽롱한 기운에 속절없이 휘둘렸을 뿐이다. 읽는 책들은 대체로 씁쓸했거나 시시했으므로 아무래도 써야 할 듯싶었다. 읽음에 흥미가 사라졌을 때는 그게 무엇이든 직접 써야 한다는 신호다.

조금 썼더니 별안간 하늘이 밝아지고 있었다. 괜히 있어 보이고 싶었던 건지, 갑갑함을 주체 못 했던 건지. 연갈색 위스키가 책상 모퉁이에 흘러 있었다. 컵 모양에 맞춰 고인 물 자국은 식은 국 같았다. 그것들이 새벽의 흔적을 상기시켰다.

글을 쓰는 새벽은 특히 더 조심해야 한다. 새벽에 쓰는 글은 대부분 흙이다. 그저 감정만이 고스란하고, 그 감정은 또한 대면이 버겁다. 감정과 '새벽'이라는 기운이 닿을 때, 그 순간을 어찌해야 하는지 나는 아직도 알지 못한다. 절벽 끝에 발을 걸치고 있는 느낌일까. 아니다. 이것은 위태로운 느낌이지만 절박하지는 않다. 그러면 적요한 심해인가. 그것도 아니다. 조용하지만 엄연히 다른 질감이다. 바깥은 조용하고 안쪽은 뜨겁다.

나는 살아있다는 느낌을 받으려 했다. 그러나 조금도 존재감을 느낄 수 없었다. 괜스레 일어나 의자를 넣었다 뺐다 했다. 노래를 틀고 무언가를 마셨다. 새벽 내내 앉아 있던 의자 위로 엉덩이 자국이 새겨졌다. 자국은 반죽을 넓게 늘어트린 것처럼 펑퍼짐했다. 엉덩이 자국을 보면 노동의 하중이 새삼스럽게 인식된다. 나는 그것에서 어떤 안도감과 안일함을 동시에 느낀다. 나는 이곳에 머물고 싶으면서도 떠나고 싶었다.

내가 아침마다 하는 행위는 창문을 열고 바깥 공기를 마시는 것이다. 코로 맡아지는 기운에 따라 하루의 결이 좌우된다. 하지만 그날 아침에는 도리어 문을 닫아버렸다. 언뜻 아침 청소를 하는 경비아저씨의 몸짓을 보고 나는 침울해졌다. 모든 이가 현실을 살아가는데, 나만 이상을 살아가겠다고 버둥거리는 꼴처럼 느껴졌다. 몸은 축 늘어져 있었는데 괜스레 잠들기가 민망했다. 침대는 딱딱했다. 커튼을 치자 거짓말처럼 암흑이 찾아왔다.

새벽 내내 허탈했던 것은 아니다. 술술 나아가던 시간과 막혔던 시간의 저울질은 처참했지만, 분명 몰입의 순간이 있었다. 끊기지 않던 호흡이 있었다. 그것은 내 손가락들이 내 삶을 밀고 나가고 있다는 확실한 근거의 순간일 것이다. 작은 몰입들이 쌓이는 순간. 그 괴롭고 지난한 순간은 알지 못했던 나를 차근차근 알아간다는 일과 다르지 않을 터이고, 눌린 의자 자국처럼 정직한 깊이를 만드는 일쯤 되겠다. 아는 쪽보다는 느끼는 쪽이 더 낫고, 느끼는 쪽보다는 역시 깨닫는 쪽이 더 낫다. 누구도 대체하지 못하는 순간을 홀로 기억할 때, 그 순간은 나만의 것이 된다. 그것들이 쌓여서 삶이 된다.

이따금 밤을 새우는 날이면 밤잠에 보지 못한 것들을 본다. 이를테면 아침이 떠오르기까지의 과정을 본다. 아침은 아침이 되기까지 몇 개의 색을 거친다. 검은 허공에 빛이 내리면 하늘은 푸르스름해진다. 푸르스름한 하늘은 그 성격이 서늘하다. 푸른 기운은 땅에 내려앉지 못하고 허공을 서성이는데, 그때 하늘은 상실과 탄생이 공존해 있다. 볼수록 깊은 푸름에는 어떤 살기와 온기가 공존한다.

하늘은 다층적이다. 빛은 서서히 내려앉는다. 빤히 바라보고 있어도 얼마간 알지 못하는 사이에, 빛이 땅 위로 스미면 아침이 온 것이다. 땅에 온기가 피어오르면 밥을 먹을 때가 된 것이다. 밥을 먹을 때가 되면 고통과 희망이 동시에 온 것이다.

아침은 또 그렇게 시작되었다. 거멓다가, 파랬다가, 하얗거나, 붉다가, 노랗게 뜬다. 나는 내 방 천장에 대고 새벽 내내 오갔을 나의 빛깔에 대해 생각했다. 천장은 과묵하고 막연하다. 내가 자각할 수 있었던 것은 다만 어떤 하늘에도 빛이 내려온다는 사실이었다. 나의 천장은 내가 빛을 갈망하지 않을 때 비로소 아침일 것이다.

밤새 캄캄했던 나는 어느 날에 나타날 근사한 기억이 될 거다. 그것은 기어코 싱그럽지 않을 것이다. 행복과는 거리가 먼 기억일 것이다. 그러나 이윽고 생각했다. 내 생에 가장 찬연한 순간은 성공이나 결실, 영광과 자존의 순간이 아닐 거라고. 거무죽죽한 고독과 고립, 억압과 억눌림, 잠잠한 비명들과 침침한 적막을 눌러앉고서 어떻게든 꿈꾸는 삶과 부딪혀보려던, 그 검은 천장 그 아래일 거라고.

창안으로 새가 지저귀는 소리가 날아들었다. 오전 6시다. 새소리는 거북할 정도로 맑고 청아했다. 나는 오늘 같은 매일이 없기를 기도하면서도 오늘같이 매일을 살아가리라 다짐하곤 했다.

쓰레기통

나의 쓰레기들은 내 생활의 바탕과 정서를 말해준다.

내 방 쓰레기통에 쓰레기가 꽉 찰 때까지는 대략 한 달이 걸린다. 그곳에는 주로 담뱃갑과 마스크, 구겨버린 종이, 코 푼 휴지, 무언가를 포장했던 비닐이 대부분을 이룬다. 쓰레기는 얼마 전까지만 해도 쓰레기가 아니었지만 내가 처음 만지작거리고 사용했으므로 으레 쓰레기가 되었다. 쓰레기는 내 삶의 부스럼이고 허물이다. 또는 평생에 걸쳐 반복되는 새로운 시작이다. 쓰레기통 안에는 내 감정의 불가피함, 하릴없는 본능, 오가는 기분들이 쓰이고 버려져 있다. 쓰레기 앞에서 인간은 경건해야 하리라.

나는 쓰레기통을 비우면서 지나온 나의 한 달을 짐작해

보곤 한다. 피우고, 쓰고, 풀고, 먹고, 버리고. 참으로 단조롭게 살았구나. 혹은 그런대로 무탈하게 지냈구나.

세밀히 분류하지 않아도 되는 나의 쓰레기들은 내 생활의 바탕과 정서를 말해준다. 나는 단조롭고 소박하게 사는 내가 이따금 넌덜머리가 나면서도 퍽 좋았다.

습관처럼 나를 파괴함과 동시에 위안을 주는 3분의 숨을 쉬고, 이제는 나를 가리려는 건지 병균을 막으려는 건지 모를 마스크를 쓴다. 무언가를 적고 망설이다 긋고 구겨 버린다. 고질병인 비염 탓에 코를 자주 풀고, 종종 책이나 라면 쪼가리 같은 것을 벗겨 먹는다. 그것들이 나의 근래였고 일상이었다. 일상은 모여 시절이 된다. 어떤 시절은 빈곤한 기억만 가지고 있다.

빈곤은 혹 발판이 될까 생각했다. 끝내 찬란할까. 나는 알지 못한다. 다만 내가 버린 것을 뒤적여보고 되짚어보는 마음은 차츰 나 자신을 돌아보고 이해하는 것과 다르지 않았고, 그 무딘 슬픔을 믿기도 했다. 쓰레기들은 낯 뜨거운 나의 이면을 끄집어낸다. 그리고 다른 건 없다. 다른 삶, 더 나은 무언가는 없다. 인생은 한순간 드라마틱하게 변하지 않는다. 다만 채우고 버리고 비우며 정직하게 살아갈 뿐이다.

　문득 내가 본 미래는 퍽퍽하였으나, 바늘 같은 빛이 번뜩이기도 하였다. 내가 버린 쓰레기와 같이 나의 젊음을 설명하면 '단조로움'이나 '재미없음' 그 자체이겠지만. 적어도 나는 '내 젊은 날의 지속'을 사랑하련다.

　나의 쓰레기통이 변치 않기를, 이 거름들이 가늘고 길게 이어지기를 소망한다. 그것에 깃든 허름함과 매끈함과 투박함. 매캐함과 탁함과 거침. 강직함과 나약함. 불안과 자유로움. 낭만과 비애. 환멸과 평화. 헤아림과 사랑. 이제는 그것들을 고요히 받아들이기로 한다.

달

달은 저 자신의 자태가 그 자체만으로
인간에게 위로가 되어준다는 것을 알까.

어슴푸레한 달빛을 보고 있으면 저 달은 스스로가 저리 빛나는 것을 알까 생각한다. 저 달은 태양이 자리를 비켜 준 배려로 떠오른 걸까, 얼굴을 들이밀고 뻔뻔스레 떠 있는 걸까 생각한다. 달은 저 자신의 자태가 그 자체만으로 인간에게 위로가 되어준다는 것을 알까 생각한다. 그 빛은 종종 어떤 이의 밤을 이불처럼 덮어준다는 것을 알까, 생각한다. 때로는 속절없이 외로움을 증폭시키는 것을 알까 생각한다.

어떤 긴 밤에는 처연히 뜬 달이 마냥 버거워서 사진이나 한 장 남겨두고 그만 돌아서 버리는 사람도 있음을 알까. 달은 그 카메라 뒤에 가려진 사람의 얼굴을 낱낱이 보았을까. 달빛이 길을 지르밟는 밤, 오묘한 적막 속에서 정처 없을 때 달은 내가 한심해 보였을까.

나는 달이 허망하게 뜨고 지는 것을 반복하면서도 별로 아쉽지 않아 할까 생각한다. 무엇이든 묵묵히 제 할 일을 한 것들은 자리를 내어줄 때 마음이 붉어지게 되는 걸까 생각한다. 그런데 달은 어째서 저렇게 조용하고 정직한가. 나는 대체 어쩌려고 오늘도 달 주변을 떠나지 못하고 있나.

우리가 언젠가 달처럼 조용하게 찬란할 수 있을까. 우리가 마침내 태양보다는 선선하고 달보다 따뜻할 수 있을까 생각한다. 우리는 무언가에 쾅당 부딪히고 내내 주위를 도는 걸까. 삶 내내 그러할까. 우리의 '무엇'은 나일까, 세상일까, 사랑일까, 꿈일까. 그 모든 것을 단번에 이룰 수 없다는 사실을 알아차릴 즈음 우리는 어디에 가 있을까. 그때도 달이나 바라보고 있을까.

다시 건디기 힘든 달이 뜬다. 나는 달빛에 슬퍼하지 않는 법을 배운다.

바다

뜻 모를 그리움은 피어오르고 그 대상은 다름 아닌 '나'라고.

언젠가 이런 말을 들었었다. 바다 앞에 설 때마다 말을 잃는 사람은, 그리움이 많은 사람이라고. 괜스레 바다 앞에 설 때마다 그 말을 떠올리곤 했다.

나는 그저 내가 보고 싶었다. 마냥 순수했고 진실되었던 어느 시절의 나. 감정에 일희일비했던 나. 하루에도 몇 번씩 즐거웠던 나. 모든 것이 신비했던 나. 아버지의 얼굴이 부쩍 맑았고, 어머니의 등이 지금보다 꼿꼿했던 시절의 나. 별안간 무언가에 여운을 느끼고, 여운에 정류해억지로 슬픔을 달래지 않았던 시절의 나. 그저 너울거리는 파도와 망망대해 어딘가를 바라보고, 제법 추운 바닷

바람에 옷깃을 여미는 것으로 충분히 따뜻했던 나. 이제는 남루한 사진 한 장으로 남아버린 나. 이제는 볼 수 없는 나의 바다.

이따금 그때의 내가 느릿느릿 그리웠다. 어린 날의 나는 주마등처럼 스쳐와 머물고 다시 빠져나갔다. 침묵은 나를 직시하고 있었다.

어쩌다 광활한 풍경을 마주한다. '풍경'이라고 말할 수밖에 없는 장면에 선다. 아무래도 바다가 그렇다. 바다 앞에 설 때면 아무 말도 나오지 않았다. 삽시간에 펼쳐지고 머무는 풍경 앞에서, 희미한 미소와 조용한 읊조림 사이에서. 뜻 모를 그리움은 피어오르고 그 대상은 다름 아닌 '나'라고, 나는 어렴풋이 알았다. 그리고 생각했다. 나는 언제나 나를 그리워하겠지만, 어떤 후회를 곱씹는 일은 만들고 싶지 않다고. 물론 이마저도 욕심이겠지만, 까닭 없이 바다나 가고 싶다고 조금이라도 덜 부르짖을 수 있도록.

바다 앞에 서니 새롭게 살아나는 생명의 힘이 넘실거린다. 바다는 저마다의 그리움이 진동을 일으켜 연거푸 출렁인다. 잔잔하게 흘러가는 동안에도 어떤 이야기가 만들어지고 있었다. 바다 끝으로 새가 날고 있었다.

모든 우연

공연히 행복을 기다리지 않게 되었을 때
나는 행복과 가장 근접해 있음을 알았다.

오래도록 나는 행복이 무엇인지 궁금해했다. 행복만큼 추상적이고 오묘한 기분은 없었기 때문이다. 추상은 혼란을 가져와 감각을 쇠퇴시킨다. 빈약한 감각은 몸을 둔감하게 마비시킨다. 마음이 가난할수록 추상성은 구체화되었다. 이 구체적인 허구는 사념과 닿아 위급해진다. 어떤 생각은 그 자체로 나를 좀먹는다. 행복은 발이라도 달린 듯 멀어지기만 한다.

나는 '즐거움'을 행복이라고 생각하지 않는다. 그것을 기어이 행복이라고 믿고 싶지 않다. 행복이 발동되는 조건이 필시 즐거움인 삶은 우울해서 구역질이 난다. 나에게 행복은 주로 '다행'이나 '보람' 쪽이었다. 조금 지난 뒤에 문득 전율처럼 오는 것들 말이다.

오래전부터 즐거움을 곧 행복이라고 치부하는 것은 나에게 우둔한 처신이었다. 돌아보면 한없이 즐겁고 재미난 행위들 뒤에는 언제나 어두운 것들이 나를 기다리고 있었고, 그것들은 적막한 거실처럼 공허함만을 가져오기 일쑤였다. 즐거움이 극에 달했던 만큼 어둠은 짙었고, 동전의 양면처럼 곧 즐거움으로 인해 불행하게 되는 형국이었다. 나는 그 굴레를 초월하고 싶었다.

행복을 위해 또 다른 즐거움을 기약하고, 그동안의 일상을 건조한 사막처럼 사는 일. 물론 추억이라는 아주 괜찮은 선물을 열어볼 수 있었으나, 추억은 낭만적인 건강염려증과 같은 것이어서, 다시금 정신을 차리고 나면 일상의 버거움이 한결 증폭되는 미혹에 지나지 않은 것이고. 그렇다면 삶이 나에게는 고작 즐거움을 사냥하는 기교에 지나지 않는 것이어서, 비록 행복이 무엇인지 잘은 모르겠으나 일단 즐거움만은 행복이 아님을 나는 확언했다.

아, 나는 어쩌자고 그동안 행복을 특별한 무엇으로 취급했을까. 나는 적극적으로 탄식했다. 나는 즐거움을 그 자체로 만끽하되 그것이 행복의 전부라는 관념을 수정함으로써, 가려져 있던 행복이 나에게 걷히는 기분을 한순간 느끼곤 했다. 공연히 행복을 기다리지 않게 되었을 때 나는 행복과 가장 근접해 있음을 알았다. 행복은 찾는 게 아니라 만드는 것이었다. 나는 행복을 만들기 위해 생활의 질감과 사물의 구체성을 들여다보곤 했다. 쉽지 않은 일이었지만 불가능하지도 않았다.

여전히 행복할 일은 적고 불행은 곳곳에 도사리고 있다. 나는 모닥불처럼 뭉근한 행복을 바란다. 조건 없는 행복은 무엇일까. 답은 생각보다 간단했다. 언제나 긍정적인 사고를 되새김하는 마음, 혹은 불행하지 않았던 모든 나날들. 단지 그것이다. 그저 답을 실천하고 살기가 힘든 것뿐, 진리란 대개 아주 간단명료한 것이다.

전혀 즐겁지 않은 일에서 문득 행복을 느낄 수 있을 때, 나는 삶에 의미가 뒤틀리는 충격을 받았고, 그러한 관념은 썩 쓸만했다. 불행하지 않은 상태 대부분이 행복임과 동시에 불행 또한 행복에 자그마한 일부라는 것을 되짚을 때마다 내 삶은 갑자기 찬란해지곤 했다.

행복은 늘 멀리 있을 때 커 보인다. 그러나 큰 행복은 다만 착시일 뿐이기에 정작 내 앞에 있는 것들에게서 나는 행복을 누리려 한다. 그것이 실존하는 세계이다. 다른 하나의 세계를 파괴함으로써 새로운 시각이 열린다는 것을 나는 알았다. 구원을 생각한다. 땅에 붙인 두 발바닥, 그것이 구원의 시작이다.

오늘도 모든 우연에게 나는 경도된다. 겨울의 문을 두드리는 비가 내린다. 따듯한 커피를 마시기 좋은 날이다.

펭귄과 독수리

바다로 뛰어든 어미 펭귄의 검은 눈이 생각난다.

다큐멘터리를 보면 사람이 생각난다. 이것은 불가피하다. 포유류가 포유류를 잡아먹는 모습을 나는 멀뚱멀뚱 시청한다. 멍청하게 앉아서 물을 마시고 머리를 긁적였다. 나는 어디선가 나를 짓누르고 있는 무언가의 존재를 어렴풋하게, 그러나 분명하게 의식하고 은근히 쩔쩔맨다.

자연의 모습은 아름답거나 영롱하지 않다. 신비스럽지도 않고 장엄하지도 않다. 다만 잔혹함과 비극이 있을 뿐이다. 순환은 본래 냉정하고 이것은 비관적이지 않다. 자연스러움은 지극히 단순하고 무색무취하다. 그곳에서는 감정이 없어야 생존할 수 있다.

엄마가 요새 무슨 바람인지 다큐에 빠졌다. 티브이에 유튜브를 연결해 놓고 소파에 앉아서 본다. 나도 몇 번 같이 봤다. 펭귄이 나왔다. 하얀 얼음덩어리와 바다가 나왔다. 펭귄들이 무리 지어 얼음 절벽에 모여 있었다. 한 펭귄이 카메라에 잡혔다. 시청의 대상은 무분별하게 결정된다. 조금 특이하거나 불쌍해 보이면 시청의 대상이 된다.

그 펭귄은 유독 다리가 짧았다. 그 젓가락 같은 다리 사이로 손바닥만 한 새끼를 끼워 넣고 있었다. 어미 펭귄은 허름했는데 그 질감은 오히려 강직해 보였다. 어미 펭귄은 고개를 숙여 새끼 펭귄을 거듭 보살폈다. 어미 펭귄의 아랫배가 울렁거렸다. 어미는 다리 사이에서 새끼를 내보내 빛을 받도록 했다. 펭귄의 하얀 배에 노름한 노을빛이 드리웠다. 온갖 다정한 말들이 자막에 깔렸다. 이윽고 화면이 전환됐다. 독수리였다.

독수리 새끼가 나왔다. 새의 새끼들이 나무 둥지에서 크게 아가리를 벌리고 있었다. 새끼 독수리의 발성이 귀를 찔러왔다. 새끼 독수리는 머리털이 없고 축축했다. 어미 독수리는 추상같은 눈을 뜨고 창공을 응시하고 있었다. 어미 독수리의 눈이 번뜩였다. 그리고 화면 전환, 다시 펭귄이다. 독수리가 펭귄을 본 것이다. 독수리는 숨겨놓은 거대한 날개를 펼치고 전투기처럼 날아갔다. 강렬하고 서늘하게 날아간다. 독수리는 뒤돌아보지 않았다.

펭귄들은 독수리가 날아온다는 것을 동물적 본능으로 직감한 듯했다. 저만치에서 독수리가 날아오자 다른 펭귄들이 일제히 바다로 뛰어들었다. 화면에 잡힌 새끼 펭귄은 발이 느렸다. 독수리는 그것을 아는 눈치였다.

독수리가 갈고리 같은 두 발로 낮게 내려와 새끼 펭귄을 뽑아 올렸다. 뽑힌 새끼 펭귄이 허공에서 버둥거렸다. 조금 버둥거리다가 그대로 독수리 발에 매달려 하늘로 날아갔다. 허공에 뜬 새끼 펭귄은 더 이상 움직이지 않았다. 어미 펭귄의 행방은 묘연했다. 새끼 펭귄은 아래를 보고 있었다.

여유를 가지고 멀리서 바라볼 때, 모든 것은 대부분 아름다워 보이고. 점점 파고들어서 가까이 가다 보면 인상을 찌푸리다가 이내 체념하기 마련이다. 지금도 바다에 뛰어들고 있는 수많은 펭귄과 하늘에서 내려앉는 독수리의 발톱이 생각난다. 새끼 펭귄의 느린 걸음이, 새끼 잃은 어미 펭귄의 짧고 얇은 다리가 생각난다. 군중 속에 숨어든 어미 펭귄의 급한 발걸음이 생각난다. 바다로 뛰어든 어미 펭귄의 검은 눈이 생각난다. 나무 둥지 위에서 아가리를 벌리고 있는 새끼 독수리가 생각난다. 독수리 새끼에게 먹히는 새끼 펭귄의 찢어진 몸통이 생각난다. 누가 독수리의 사냥과 어미 펭귄의 뛰어듦을 비난할 수 있을까.

약육강식은 질문한다. 이토록 폭력과 무질서로 가득한 세상에서 과연 어떻게 살아갈 것인지. 삶에 무의미와 허무를 어떻게 할 것이지. 그럼에도 왜 살아야 하는지 질문한다. 한바탕 비극이 지나가고 밤이 왔다. 빙하도 나무집도 제각기 고요하다.

박수갈채

마주한 진심은 특별할 것 없이도 진할 것이다.

　　고교 시절 일이다. 사람들 앞에서 노래를 불렀다. 난생 처음이었다. 음악 선생님이 난데없이 수행평가를 본다고 했다. 삼삼오오 짝을 지어 노래를 부르거나, 혼자 부르거나, 악기를 연주하면 된다고 했다. 선생님의 말이 끝나자마자 음악실은 어수선했다. 다들 함께 할 사람을 찾아 분주했다. 선생님은 약 20분 후에 누구와 함께 할 것인지를 확정해 명단에 써 오라고 했다.

　　나는 어떤 이유에선가 그 모습이 퍽 내키지 않았다. 음악을 평가한다는 말이 일단 회의스러웠다. 음악은 다만 즐기고 느끼는 놀이일 텐데. 더구나 같은 반이지만 서로 잘 모르는 사람과 급하게 짝지어 놓아야 하는 형국은 우스 꽝스러워 보였다. 나는 혼자 이름을 적어 넣었다. 오기인 지 용기인지 모를 마음이었다. 연주할 수 있는 악기는 없 어서 노래를 부르겠다고 했다. 얼마 후에 수행평가를 보 는 날이 되었다.

수행평가는 강당에서 했다. 강당은 광막하고 건조했다. 몇백 명을 수용할 그곳에 대충 서른 명 되는 친구들이 옹 기종기 모여 앉으니 어쩐지 따뜻한 기분이 들었다. 이상 했다. 나는 반 친구들을 거의 알지 못했다. 개중에는 친한 친구, 조금 아는 친구, 둘이 있으면 어색한 친구, 말 한마 디 나눠보지 않은 친구가 있었다. 그런데 어쨌거나 이름 과 얼굴을 알고서 같은 공간에서 오랜 시간을 보내다 보면 아무리 서먹한 사이라도 마음이 편안해지는 모양이었다. 나는 이 어색한 안정을 좋아한다.

혼자 노래 부르는 모습을 상상했을 때, 조금 낯부끄러웠 지만 제법 기분 좋은 설렘이 차오르기도 했다. 처음 보는 사람들만 모여있었더라면 홀로 노래를 부르는 행위는 상 상할 수도 없었을 테다.

낮은 번호순으로 단상 위로 올라 다들 뭔가를 했다. 묘한 분위기였다. 피아노 근처에도 얼씬거리지 않게 생긴 사람이 피아노를 쳤다. 피아노 소리는 강당 뒤쪽 창가까지 울려 퍼졌다. 여자 친구들은 일순간 황홀한 표정을 보였다. 사람 눈은 생각보다 많이 반짝였다(물론 조명 때문이겠지만). 남자 친구들의 얼굴은 다채로웠다. 부러움, 질투, 무감각, 건조함을 먼저, 나중에야 피아노 선율에 젖는 복잡하면서도 아름다운 얼굴을 보였다.

　피아노 치는 사람은 아무리 봐도 신비스러운 감정을 풍긴다. 그 사람의 생애가 궁금해지고, 피아노를 배워야겠다고 결심한 동기가 궁금해진다. 피아노를 치며 느꼈을 손마디의 아릿함과 응축된 감수성의 깊이가 궁금해진다. 피아노는 손가락으로 소리 내지만 그 소리는 손가락에서 나오지 않는다. 그 사람의 몸의 진동과 감수성의 심도에 따라 결정되는 듯하다.

　피아노 치는 사람을 보면 나는 잠깐 삶을 멈추어 놓는다. 누구나 마음속에 무언가를 가지고 있다. 언어화될 수 없어 더욱 아름다운 그 무언가를. 별안간 내려놓고 멈춰 있을 때 비로소 도래하는.

　기다리다 보니 내 순서가 왔다. 천천히 단상 위로 올라가 의자에 앉았다. 여러 사람이 한꺼번에 나를 바라보고 있는 상황은 태어나고 처음이었다. 짐짓 태연한 척을 했지만 두근대는 심박까지 제어할 수는 없었다. 별안간 조명에 에워싸였더니 어떤 표정을 지어야 할지 몰랐다. 표정에 제약이 걸린다는 일은 힘들었다. 전 세계의 냉동고문이 한꺼번에 열린 것 같았다. 우물쭈물 앉아있는데 반주가 흘러나왔다.

나는 오혁의 〈소녀〉를 불렀다. 내가 아는 노래 중 그나마 편안하게 부를 수 있기 때문이었다. 나름대로 집중해서 노래를 불렀다. 첫 소절은 부끄러움을 떨쳐내고 가사를 곱씹었다. 노래에 온전히 들어가기 위해 몰입했다. 한 소절 부를 때마다 가슴이 팽창하고 수축했다. 이상하게 시야가 흐릿해져서 눈을 감아버렸다. 눈을 감자 몸과 목이 더욱 격렬하게 요동쳤다. 순간적으로 나는 세계와 분리되는 것 같았다. 그것은 특정한 단어로 말할 수 없는 순간이었다. 몸이 부자연스럽게 가벼웠다.

노래가 끝나자마자 낯선 기운이 몰려왔다. 다시 광막하고 건조한 강당이 보였다. 소리는 뒤늦게 들렸다. 박수 소리였다. 친한, 어색한, 모르는, 나이 많은, 여러 사람들이 동시에 박수를 치고 있었다. 저 박수는 예의상 치는 것이리라. 나는 그렇게 생각했다. 분명 한 사람 한 사람 끝날 때마다 박수를 쳤으니까. 그런데 왜일까. 박수 소리가 한 동안 귓가에서 떠나질 않았다. 기묘한 일이었다. 별안간 음악 평가를 보고, 난생처럼 혼자 노래를 부르고, 그리고 박수갈채를 받았다. 함성도 들렸다. 그 소리들이 며칠간 은은히 맴돌았다. 조명을 받아 반짝이는 사람들의 눈빛이 잊히지 않았고, 노래를 집중해서 불렀을 때의 뜻 모를 분리가 찬란하게 아른거렸다.

나는 그날의 갈채가 내 노래의 기술적 놀라움으로 벌어 진 일이라고 전혀 믿지 않는다. 나는 훌륭한 노래 실력을 갖추지 않았다. 그것은 아마 용감성에 대한 답례의 움직임 일 것이다. 노래 실력이 얼마나 훌륭하든, 피아노 선율이 얼마나 아름답든, 그런 것은 아무래도 좋을 것이다. 그저 평소에 못 보던 면목을 많은 사람들 앞에 내보이고, 어수 룩하지만 자신을 표현해 보이려 애쓴 마음이 소통되었을 때, 마주한 진심은 특별할 것 없이도 진할 것이다.

이따금 나는 그날의 찰나가 떠올라 미소 짓는다. 그 박 수 소리가 거짓이라면, 이 세상에 믿을 건 없다.

나는 가끔 혼자 웃는다

의연해 보이는 어떤 인간도,
마음속 깊은 곳을 두드리면 어딘가 슬픈 소리가 난다.

의연해 보이는 어떤 인간도, 마음속 깊은 곳을 두드리면 어딘가 슬픈 소리가 난다.

종종 주위 사람들을 생각한다. 생각은 시시때때로 소란스레 산란했다. 곰곰이 애를 써가며 골몰하는 게 아니라 문득 섬광에 쏘이듯이 생각이, 사람이 부딪혀온다. 누구나 그렇듯 내 삶에도 역시나 사람이 함께하고 있었고, 그들은 나를 가로질러 온다. 걷다가, 담배를 피우다가, 밥을 먹다가, 씻다가, 누워있다가. 불현듯 주변 사람의 얼굴, 그들의 역사와 배경, 그들의 결핍, 그들의 현재와 그들의 과거가 필름처럼 스쳐 지나간다. 지나는 장면은 고통스럽거나 애틋하다. 이윽고 슬퍼하는 법을 배운다. 요새 나의 감동은 이상하게도 슬픈 느낌과 상통하고 있다.

주위 사람들을 생각하면 나는 '슬픔'밖에는 떠오르지 않는다. 좀처럼 다른 단어가 떠오르지 않아, 나는 우리가 빈곤한 동네에 살아서 그런 탓일까 생각도 해보았다. 환경이 후미지다는 것은 확률적으로 불우한 가정이 많다는 셈이고, 그래서 내가 느끼는 이 심상이 슬픔에 기울어져 있는 것일까. 하지만 사람의 삶에 끼인 슬픔은 '부유함'과 밀접한 관계가 있으면서도, 그 허망한 여백을 완벽히 메우지는 못할 듯싶었다.

나에게 조금씩 차오르는 슬픔은 우리의 재정적 가난 때문이 아님으로 기울고 있었다. 삶은 이미 그 자체가 슬픈 것일까. 사는 일은 그 자체로 기쁨과 먼 것일까. 제각기 도래한 삶의 슬픔을 배척할 수 없어, 절망의 정면으로 불가피한 돌진을 감행한 사람. 그들의 풍파가 나에게는 한없이 떠나지 않아 다만 바라볼 뿐이었다. 고난은 우리의 얼굴을 부쩍 할퀴어놓았다. 조금 주름진 얼굴은 이제 평범해졌다.

걷다가 숙연해져 발이 멈춘다. 오래 사무치다가, 나는 이윽고 혼자 웃는다. 불가해한 웃음이다. 그런대로 고통의 끝은 아무 까닭 없는 웃음이어야지 싶기도 하다. 생각은 생활에 극성한 영향을 주면서도 싱겁게도 아니다. 생각은 나를 들들 볶으면서도 나를 움직이게 한다. 이 슬픔이 쟁쟁거리지 않게, 나는 더욱 움직여야겠다.

　우리의 언젠가가 내내 화창하지는 않을 테지만, 그럼에도 불구하고 가슴에서 떠나지 않는 각자의 보온을 감싸 누르며 버텨야지. 죽지 말고 살아서, 그래 살아서. 언제까지나 서로의 이름을 부를 수 있게.

새삼스러운 사랑

연노랑 햇발에 포근해진 마음에는 가뿐한 다짐을 하기 좋다.

마침내 정신이 맑다. 둘둘 말아 두었던 사념들이 풀어진다. 어떻게 가능했는지는 모르나 일단 누리기로 했다. 불현듯 이마 위로 빛이 얹어지는 기분을 과연 무엇으로 설명해야 할까. 행복한 순간을 쓰는 손이 참으로 오랜만이다. 새삼스럽고 싱그럽다.

지난밤에는 순수한 감각을 되찾고 싶어 좌절했고, 새벽에는 욕심을 버려야 한다고 결심했다. 다음 날 아침나절에는 괜스레 빨래를 널었고, 오래 입지 않아 해묵은 옷을 두 움큼 버렸다.

문장을 위해 나는 한동안 정처 없이 걸어 다녔다. 다리가 제법 튼튼해진 기분이다. 어제는 몇 시간을 걸었다. 도시에 불빛을 피해 갈 곳은 많다. 혼자 걷는 사람, 여럿이 걷는 사람, 손잡고 걷는 노부부가 길을 어수선하게 빛냈다. 휴대폰 전원을 끄고 가방 깊숙한 곳으로 밀어 넣는다. 문장은 휴대폰과 멀어질 때 쓰였다. 조금씩 곁에서 멀어져야 할 것들을 생각했다. 어떤 설렘이 여울진다.

연노랑 햇발에 포근해진 마음에는 가뿐한 다짐을 하기 좋다. 소나무 잎이 바람에 부딪히면서 시원한 소리가 났다. 담장 위에 누워 잠든 고양이를 오랫동안 바라보았다. 갸르릉 거리며 수염을 쓸더니 그대로 다시 잔다. 하얀 바탕에 주황과 검정이 섞였다. 살금살금 다가가는데 도망가지 않는다. 그럴 필요성을 딱히 느끼지 않는 모양이다. 잠에 빠진 고양이처럼 사랑스럽고 요염하며 위험한 생물이 있을까. 나는 그 모습을 오래 담아가고 싶어 더 다가가지 않았다.

눈을 뜨고 있지만 제대로 볼 때와 보지 못할 때가 이리도 다르다는 것을 나는 이제야 실감한다. 가끔 휘청거리면서도 균형 있는 눈으로 중심을 잡는 내가 좋다. 찬찬히 오래 깃들 장면들을 담아가고 싶다.

물기를 적당히 머금은 시원스러운 빨랫감도. 수없는 밤과 케케묵은 천장도. 어디론가 걸어가는 내 다리도. 약간의 거리를 두고 서로 행복할 수 있음을 일러준 고양이도. 창을 엷게 감싸 덮은 노란 햇발도. 계절 내내 초록을 간직한 신령한 잎도. 바람에 나부끼는 머리카락도. 저물어가는 두 생이 하나 되어 가는 노부부도. 새삼 새롭고 신기하고 사랑스럽다.

마치는 글

가난한 자들에게 희망이 있다. 희망은 언제나 그들 옆을 지키고 있다. 절벽 끝에 매달려본 사람만이 희망을 누릴 자격이 있다. '절벽'이라는 단어 안에는 얼마나 많은 손톱자국이 있는지. 가보지 않은 사람은 알지 못한다. 저녁 뉴스마다 물가 상승률에 절망하는 사람들. 새벽마다 가래 기침을 하며 '살아야 한다고' 허덕이는 사람들. 하루 벌어 하루 몸에 풀칠하는 사람들. 울고 있는 아기에게 밥을 먹이고 굶는 사람들. 방 한 칸 얻기가 어려워 해마다 이 집 저 집 옮겨 다니는 사람들. 고무장갑도 뚫고 들어오는 냉기를 견디며 그릇 닦는 사람들. 새벽 5시 30분경 차 뒤에 대롱대롱 매달려 쓰레기를 집어 가는 사람들. 밤새 아르바이트하고 새벽에 퇴근하는 사람들. 다시 아침 출근하는 사람들. 행복을 위해 기꺼이 자유를 포기하는 모든 사람들. 어쩌면 다만 '안정'을 위해 버티는 사람들. 그러나 마음 한 평, 언젠가 아름다움과 사랑을 고대하는 사람들. 이것은 비단 현실적 가난에만 국한되지 않으리라.

나는 감히 티끌도 헤아릴 수 없다. 한 사람의 생에 얼마나 많은 녹이 슬어 있는지. 그러나 그들에 대해 그들만큼 괴로워하지 않는 한, 나에게 희망은 없다.

외부 세계에 있는 괴로움에 내밀한 온기는 발화했다. 꿈결처럼 지나는 타인의 슬픔을 잊어버리지 않고, 힘닿을 때까지 행복을 배웅하는 일을 생각하면, 여전히 많은 것들이 가능하다고 느껴진다. 쓸모 있는 사람이 되는 방법은 마침내 존재할 것이다. 어떻게든 무사하려는 마음들의 뒷걸음질을 함께 포개어 걷고, 때로는 멈춰 세우는 일을 연잇고 싶다. 그러지 않은 나를 사람들이 사랑해야 할 이유는 없다.

나는 기꺼이 삶을 믿는다.
외진 곳에서도 일생을 이어가는 사람들의 부지런한 반항과 소박한 슬픔을 믿는다.
나는 희망을 버린다. 그리고 힘을 낸다.
앞으로도 나는 삶의 일원으로 조용히 힘을 낼 것이다.

2023년 가을 신대훈

하루의 바깥

초판 1쇄 인쇄	2023년 10월 14일
초판 1쇄 발행	2023년 10월 27일

지은이	신대훈

펴낸이	이장우
책임편집	송세아
편집	안소라
디자인	theambitious factory
제작/관리	김소은 김한다 한주연
인쇄	금비PNP

펴낸곳	도서출판 꿈공장플러스
출판등록	제 406-2017-000160호
주소	서울시 성북구 보국문로 16가길 43-20 꿈공장 1층

이메일	ceo@dreambooks.kr
홈페이지	www.dreambooks.kr
인스타그램	@dreambooks.ceo

전화번호	02-6012-2734
팩스	031-624-4527

ISBN	979-11-92134-48-2
정가	15,800원